最美毕业致辞

《最美致辞》编委会 编

中国财富出版社有限公司

图书在版编目（CIP）数据

最美毕业致辞/《最美致辞》编委会编.— 北京：中国财富出版社有限公司，2023.11

ISBN 978-7-5047-8015-7

Ⅰ.①最… Ⅱ.①最… Ⅲ.①演讲—中国—当代—选集 Ⅳ.①I267

中国国家版本馆 CIP 数据核字（2023）第 223376 号

策划编辑	李小红	责任编辑	张红燕 陆 叙	版权编辑	李 洋
责任印制	梁 凡	责任校对	张莹莹	责任发行	杨恩磊

出版发行	中国财富出版社有限公司		
社　　址	北京市丰台区南四环西路188号5区20楼	邮政编码	100070
电　　话	010-52227588 转 2098（发行部）	010-52227588 转 321（总编室）	
	010-52227566（24小时读者服务）	010-52227588 转 305（质检部）	
网　　址	http://www.cfpress.com.cn	排　版	宝蕾元
经　　销	新华书店	印　刷	宝蕾元仁浩（天津）印刷有限公司
书　　号	ISBN 978-7-5047-8015-7/I · 0368		
开　　本	710mm×1000mm　1/16	版　次	2024年1月第1版
印　　张	12	印　次	2024年1月第1次印刷
字　　数	160千字	定　价	48.00元

版权所有·侵权必究·印装差错·负责调换

目录

校长篇 / 1

1. 敏察情绪　善用理智 / 王希勤　　3
2. 人生因爱而升华 / 张平文　　7
3. 新时代 新赛道 新征程 / 王树国　　12
4. 拒绝躺平 / 金力　　14
5. 在坚守和突破中前行 / 丁奎岭　　19
6. 在大模型时代主动进化　踏浪前行 / 张宗益　　25
7. 不负时代不负卿 / 杜江峰　　31
8. 与国同梦，与时偕行 / 谈哲敏　　35
9. 在创新实践中成就更好的自己 / 尤政　　39
10. 做堪当强国建设、民族复兴大任的时代新人 / 陈雨露　　45
11. 淬炼成长　成就未来 / 黄如　　49
12. 持之以恒　追求卓越 / 张希　　54
13. 奋进有为　不负青春 / 王云鹏　　58
14. 心怀家国　勇毅前行　做新时代幸福大工人 / 贾振元　　63
15. 以青春之光，点亮奋进之路 / 郭广生　　69
16. 做自己人生故事里的主角 / 王守军　　76

教师篇 / 81

1	钥匙就在阳光里 / 刘俏	83
2	引领 AI 时代 / 张亚勤	89
3	应对极限的世界 / 刘守英	97
4	以知识、智慧、勇气去开创历史 / 陆雄文	101
5	做一个真正的士 / 董志勇	109
6	做适合的选择，做最好的自己 / 黄锡生	114
7	要诗意地生活 / 吴赟	119
8	不要陷入自我诊断和自我认同的泥坑 / 肖瑛	123

校友篇 / 127

1	同学们，江湖再见！/ 雷军	129
2	迎接人生的一蓑烟雨 / 莫砺锋	132
3	人生是一条漫长的路 / 杨帆	137
4	真正的精彩 / 陈大可	140
5	从教育学中去 / 汪靖	143
6	爱心和艰苦奋斗 / 林松华	146
7	人生无悔，牢记初心 / 吴光	149
8	博学而笃志、切问而近思 / 谭瑞清	152

学生篇 / 157

1. 愿我们的心中有祖国河山，有社会大任，有世界格局 / 董丽娜 …… 159
2. 踔厉奋发　谦逊笃行 / 左孝凡 …… 162
3. 聚是一团火，散是满天星 / 杨泽远 …… 165
4. 心怀感恩　不负韶华 / 魏斯宇 …… 167
5. 不负韶华，不负时代，不负人民 / 侯宇蓬 …… 169
6. 大道至简，做正确的事；大道需慢，正确地做事 / 王涛 …… 171
7. 将求索笃行内化成永恒的人生注解 / 严铖欣 …… 174
8. 果敢尝试、寻求突破、不惧风雨、无问西东 / 曹喆 …… 177
9. 立志做有理想、敢担当、能吃苦、肯奋斗的新时代好青年 / 曾文荟 …… 180

校长篇

敏察情绪　善用理智

清华大学校长　王希勤

亲爱的同学们、老师们，各位来宾、各位亲友：

今天，我们共同庆祝3000余名同学本科毕业。我代表学校，向同学们和你们的亲友表示热烈祝贺！向悉心培养你们的老师们表示衷心感谢！

2023届毕业生的大学时光颇为特殊。过去几年，新中国成立七十周年、建党一百周年、实现第一个百年奋斗目标、成功举办北京冬奥会冬残奥会、疫情防控平稳转段等一个又一个具有里程碑意义的重要时刻，让我们懂得了万众一心，领悟了不忘初心，感受了团结就是力量，体会了坚持就是胜利，增强了做中国人的自信。然而，百年未有之大变局和世纪疫情交织叠加，人工智能、量子信息等新技术加速突破，也让这个世界充满不确定性，国家和国家之间、人和人之间平添了许多情绪化的成分，世界呼唤理智与秩序。

我们常常会陷入情绪与理智的相互纠缠中，也在情绪与理智的调和中不断成长、成熟。情绪让我们敏锐地感知这个多彩的世界，理智让我们清醒地认识这个复杂的世界。没有情绪的人生是枯燥无趣的,没有理智的人生是混乱无序的。情绪和理智的交互作用是构筑人类积极天性的基础。以情绪激发理智能让人充满活力、不犹疑,以理智驾驭情绪能使人保持定力、不逾矩。我们要学会敏察情绪、善用理智,处理好与自己、与他人、与自然的关系。

逻辑是明达之本。通过运用逻辑,我们能够建立清晰的思维框架,将不同的信息整合在一起,形成有条理的判断和推理,并进行清晰的思考和表达。离开了逻辑,就讲不清楚道理,就会陷入迷失或混乱的思维状态。逻辑是理智的基础,帮助我们从已有的知识中识别模式和趋势,从复杂的现象中提取本质和特征,把握事物发展的规律。我们的老校长梅贻琦在《大学一解》中写道:"治学之精神与思想之方法,虽若完全属于理智一方面之心理生活,实则与意志之坚强与情绪之稳称有极密切之关系""意志须锻炼,情绪须裁节"。建立在逻辑基础上的理智是情绪的过滤器、稳定器和转换器,它使人们筛除过激的情绪反应,从情绪冲动中抽离,冷静思考个中缘由,发现消极情绪中的积极因素,并将其转化为重新振作的动力,以至明达之境。同学们,希望你们掌握实事求是的思想方法,以理智引导情绪、与情绪讲和,更透彻地剖析自我,更清晰地认识自我,准确把握自身优势,坦然接纳自身不足,不自卑焦虑,不自负偏执,始终保持坚忍的意志品质和昂扬的精神状态。

利他是幸福之源。每个人都是独立的个体,有属于自身的利益,但过度关注个人利益只会让一个人患得患失、斤斤计较,甚至做出损人不利己的事,各种烦恼、焦虑也会随之而来、挥之不去。消解这些负面情绪,需要跳出"自我"的小天地,善用"利他"这个大智慧。孔子曰:"己欲立而立人,己欲达而达人。"路口交通拥挤时,如果谁都想抢先一步、互不相让，反而都走不了；如果大家都互相体谅、有序通行，交通反倒顺畅。利他不仅是君子之道，更是理智之举，它让社会美好，让世界温暖，让内心幸福、让人生丰满。独乐乐不如众乐乐，把个人的利益与最广大人民的根本利益统一起来，这是更大的幸福。清华大学经济管理学院赵家和教授一生情系中国教育事业。他从教四十三年，为国家培养了许多优秀人才。退休后，他将自己几十年省吃俭用的全部积蓄捐献出来，资助3000多名贫困地区经济困难的学生完成了高中学业。但他却对自己十分"吝啬"，一件化纤毛衣穿了十几年，即使身患癌症也舍不得吃进口药。他就这样隐姓埋名、默默奉献，直至生命的最后一刻。他的事迹直到去世四年后，才为人所知。赵老师的人生是幸福的，他像炭火一样，燃烧了自己，温暖了他人，照亮了莘莘学子的求学之路，点亮了千家万户的幸福之灯。同学们，希望你们坚持人民至上，胸怀"国之大者"，责任面前进一步，利益面前退一步，在服务国家、服务人民的事业中绽放青春光彩。

  生命是意义之母。现代社会带给人们丰富的物质财富，却容易让人们感到无力和空虚；赋予人们充分的个人自由，却容易让人们失落于漂泊的孤独和意义的丧失。很多人都在思考活着的意义，也经常因此而困惑。我们要看到，生命是大自然的奇迹，它从无数的偶然性中产生，也蕴含着无限的可能性。生命本身就有意义，没有生命就谈不上意义。我们要珍惜每时每刻的生命感受，去体悟生命的独特与伟大。无论是"落叶他乡树，寒灯独夜人"的萧索，还是"雁引愁心去，山衔好月来"的惬意；无论是"飘飘何所似，天地一沙鸥"的寂寥，还是"久别偶相逢，俱疑是梦中"的惊喜，都将丰富我们的人生体验，帮助我们更深切地领会人生的真谛。人类的科学技术发展到今天，我们仍没有发现任何地外生命。珍爱和呵护地球、尊重和善待生命是人类的理智之选。在奔腾的时间长河里、在广袤的地球空间内，无数的生命共同创造着这个精彩世界的过去、现在和未来。同学们，希望你们坚持生命至上，敬畏生命伟力，尊重自然规律，树立人与自然生命共同体意识，拓展生命的格局，实现人生更大的意义。

习近平总书记指出，青年作为引风气之先的社会力量，价值追求和精神状态如何，在很大程度上决定着国家和民族走向。你们是党的二十大后第一批清华本科毕业生，生逢其时，肩负重任。希望你们敏察情绪、善用理智，以坚定的信心、饱满的热情、奋发的姿态投身于全面建设社会主义现代化国家的火热实践中，在以中国式现代化全面推进中华民族伟大复兴的壮丽征程中成就精彩人生！

祝大家毕业快乐！

（本文为作者在清华大学 2023 年毕业典礼上的讲话）

人生因爱而升华

武汉大学校长　张平文

亲爱的同学们：

大家上午好！

今天是一个值得纪念的日子，是专属于你们的盛大节日。我们齐聚在富有历史感的九一二操场，隆重举行2023年毕业典礼暨学位授予仪式。首先，我代表学校，向学有所成、顺利毕业的13009名毕业生表示最热烈的祝贺！向你们即将奔赴的未来送上最美好的祝福！也向所有为你们成长辛勤付出的家人和师长，致以最诚挚的感谢！

今天，学校还邀请了三年前因疫情未能参加线下毕业典礼的学子回"珈"，一起完成大学生涯的"最后一课"。母校想用这样的方式告诉你们，无论是在校的、即将毕业的还是已经毕业的学生，母校从未停止对你们的关爱和牵挂。

临近毕业的这段时间，在校门牌坊下、行政楼门口、九一二操场、樱顶老图书馆前……到处都有你们拍照留念的身影。我想，你们是在用这种方式表达对母校恋恋不舍的爱，对身边人依依惜别的爱。为了给你们一个表达爱与感恩的平台，学校今天还安排了一个特别的献花仪式。上台接受鲜花的不仅有指引你们学业、陪伴你们成长的老师和家长，也有在你们少年时期为你们筑牢基础的中学校长，还有辛勤服务师生、守护校园平安的后勤工人、校巴司机、宿舍管理员、食堂师傅、安保人员、图书馆员和校医。在刚才的仪式上，我们看到了献出鲜花的人诚挚的感激和敬意，也看到了收到鲜花的人藏不住的喜悦和欣慰。爱出者爱返，给予爱的人也收获了爱。爱因表达而流动，因流动而丰盛。我相信，这个充满爱的仪式会成为你们大学生活一段温暖的回忆。

爱是人生永恒的主题，而在今天再次探讨这个话题具有特别的意义。当今时代，随着科学技术飞速发展，特别是信息化高度普及，新一代数字技术正在深刻改变人类的生活方式，潜移默化中影响着我们的思维方式和行为模式。去年年底，由人工智能公司OpenAI研发的聊天机器人模型chatGPT一经推出，就在全球广受青睐，用户数量在短时间内爆炸式增长，成为史上用户增长最快的互联网应用程序。今天，我们可以通过语音通话倾听对方的声音，可以通过网络视频目睹彼此的容颜，可以随时连线聊天机器人交流思想，我们的互动方式更加多元、快速和便捷。然而，也正因如此，人与人之间面对面交往已渐渐被"人机交往"所取代，人与人之间感情的表达也更多地存在于虚拟世界之中。令我深感忧虑的是，如果习惯于依赖数字化手段，过度沉溺于虚拟世界，人就会无法与周围的人、事、物建立真实而深刻的链接，从而失去对现实世界的感知力和对他人的关注，也会失去感受和表达爱的能力。

爱是需要表达的，如何表达爱是我们每个人一生中都要不断研习的课程。你们这代年轻人从出生开始就生活在物理世界和虚拟世界互相交融的时代，表达感情的方式具有鲜明的时代特征。也许你们每天都在用手机相互问好，却已经很久没有当面向父母道一声问候；也许你们常常在微信里谈天说地，却渐渐不再向身边的好友倾吐心声；也许你们在毕业论文致谢中写下了无数感恩的话语，却还没来得及面对面向老师说一声谢谢……我想告诉你们的是，爱起源于人与人之间、人与事物之间的亲密联系，升华于真实世界的互动和情感的交流。一万句隔着屏幕的问好，不如一个真实的拥抱；一千个朋友圈的点赞，不及见面时的一个微笑；一百朵虚拟的鲜花，抵不过亲手赠送的一束。同学们，眼神的接触、笑容的温度、贴心的话语、温暖的举动……这些都是现实世界里人类关于爱的表达，是无法被机器和软件所取代的。

爱是一种强烈而正向的情感，能够给我们的生活、学习和工作带来巨大的能量。爱让我们与世界建立积极的联系，推动我们产生一种发自内心的强大驱动力，让我们坚定理想与信念，获得勇气和力量。心中有爱的人，总是充满了热情和生命力，能够积极面对生活中的各种境遇，也能够温暖和帮助他人；相反，缺少爱的人，则会陷入自私和冷漠，逃避责任与担当，变得软弱且消极。教育的本质就是爱，武大是一所不断追求爱并且充满爱的大学。前段时间，我走访了北京、上海、深圳以及法国的校友，各地校友会充满温情的活动和校友之间互助互爱的真挚情感令人动容。在上海时，一位83岁的老校友跟我说："张校长，三十年前我参加了母校一百周年校庆，三十年后我希望还能够回母校参加一百六十周年校庆！"校友们对母校的拳拳之心让我敬佩，也更加深切体会到了武大人爱的传承与延续。同学们，你们是在充满爱的环境里成长的武大学子，也一定要学会去爱。在人与人之间面对面交往变得越来越少的时代，在你们即将奔赴未来的重要时刻，希望你们把发现爱、感受爱、表达爱、传递爱作为一种行动自觉，让你们的人生因爱而升华。

学会去爱，首先要爱你们身边的人。要爱你们的父母，爱你们的师长，爱你们的好友，多与他们面对面交流情感，少一些键对键的虚拟互动，毕竟人工智能无法代替真情的流露，对话框里的文字也无法代替暖心的问候。希望你们常与父母一起散散步、谈谈心，既分享喜悦，也倾诉烦恼，用爱化解人生纷扰；希望你们多和知己谈天说地，常约三五好友闲暇小聚，在交流中碰撞思想，在互助中携手前行；希望你们在离别之际真诚地向恩师当面道声感谢，毕业后也常回"珈"看看，珞珈山下的大先生们将永远指引你们前行的路。同学们，用心去爱你们身边的人吧，爱人者人恒爱之，让爱产生的巨大能量推动你们不断向前，让你们的人生在关爱身边人的暖心温情中升华。

学会去爱，要把爱融入对事业的追求之中。你们即将奔赴人生的下一段旅程，事业将是未来人生中的一大主题。有爱才有激情，有激情才有力量。只有把爱融入事业中去，才能激发奋斗的火热激情，因为爱所以执着，因为爱所以坚守；只有把爱融入岗位中去，做到干一行、爱一行、专一行、精一行，才能以发自内心的爱催生持续奋斗的力量，事成于和睦，力生于团结；只有把爱融入集体中去，才能以集体的力量成就有价值的人生。我希望你们努力找寻心中真正的热爱，不管从事什么工作，无论遇到多大的困难和挫折，都能锚定目标、笃定前行，让人生在成就梦想的激情奋斗中升华。

学会去爱，要让胸怀家国的大爱永驻心中。习近平总书记指出，爱祖国、爱人民，是最深沉、最有力量的情感，是博大之爱。"清澈的爱，只为中国"，是当代中国青年发自内心的最强音。曾任武大教务长的朱光潜先生曾这样激励学子："个人温饱以外，别无高尚理想，士当引以为耻。"

武大培养的学生，当以实现国家富强、推动社会进步、谋求人类福祉为己任。我希望你们始终胸怀"国之大者"，把自己的理想与祖国的前途、将自己的人生同民族的命运紧密相连，到祖国和人民最需要的地方去施展抱负、建功立业，让人生在担当大任的青春奉献中升华。

同学们，今天是我来武大担任校长后第一次送别毕业生。临别之际，回首我们共同度过的半年时光，也有很多充满爱的回忆。今天分别之后，你们即将奔赴人生新的旅程。习近平总书记曾寄语青年："心中有阳光，脚下有力量，为了理想能坚持、不懈怠，才能创造无愧于时代的人生。"希望你们心怀阳光，携爱前行，以大爱担当重任，以热爱追求梦想，以爱心温暖他人，用爱去开创属于你们的幸福人生，去创造中华民族伟大复兴的美好未来！请一定记得，无论走到哪里，你们永远是武大的孩子，母校与你们的爱永远是双向奔赴！

谢谢大家！

（本文为作者在武汉大学2023年毕业典礼上的讲话）

新时代 新赛道 新征程

西安交通大学校长　王树国

亲爱的同学们：

大家好！

尽管我们经历着风雨，但是我真的不想把我要跟大家说的话留在以后，因为这太重要了，需要我们大家达成共识。刚才，卢建军书记、教师代表、校友代表都对大家寄予了深切的期望，阐释了他们对你们未来人生道路的所感所悟。今天我想跟大家说的是，在我们这个新时代，我们应当如何去做。我跟大家讲三个词：新时代、新赛道、新征程。

第一，新时代。何为新时代？第四次工业革命将会彻底改变整个世界。你们经历了研究生阶段的学习和科研训练，你们走向社会，将会承担更重要的责任。这个新时代将会改变人类社会未来的发展进程，你们将会拥有无限的发展空间。为什么说第四次工业革命将会改变人类社会未来的发展进程？因为第一次工业革命、第二次工业革命和第三次工业革命仅仅是在某个单项领域取得进展，进而带动整个社会发展。而第四次工业革命是一次全方位的"爆发"，它是质的跃升，是人类社会发展进程中的一个拐点。当你们走向社会的时候，你们正经历这样一个巨变，这个巨变会给你们提供一个大舞台。

第二，新赛道。各项新技术层出不穷，出现了若干新赛道，原有的赛道已不适用了。新赛道将决定着一个国家、一个民族在这个时代的发展进程，而我们国家民族复兴的大业与此同步。在这个历史进程中，你们能否开辟新赛道？能否引领新赛道？能否做新时代的"弄潮儿"？这将考验着我们每个有志于报效国家的人。而我们是谁？我们是西迁精神的传人，我们是交大人，交大从诞生那天开始，就心系家国情怀和国家兴亡，我们始终承担着国家使命。所以，在新时代，我们要勇于开辟新赛道，在新赛道上做时代的"弄潮儿"。

第三，新征程。实现民族复兴谈何容易？大国博弈、区域地缘政治、技术封锁……给我们带来了诸多挑战。但是我们不能停下脚步，我们只能大胆前行。就像今天这场风雨无法阻止我们一样，我们仍然在前进的道路上履行职责，展示交大人的风采。新征程，我们需要的不仅是勇气，更需要胆识，需要我们科学的思考，需要我们超前的思维，需要我们去规划未来，需要我们脚踏实地做好当下工作。

当你们走向社会，面临着若干机遇，也将面临更大的挑战，很多问题等待着你去解决，很多赛道等待着你们去开辟。未来发展之潮流，你们应该是"弄潮儿"！

我由衷地祝福大家，祝福同学们！

在这个新时代、新赛道、新征程上，再展交大人之风采，让交大人成为世界之光。

祝福大家！

（本文为作者在西安交通大学2023年毕业典礼上的讲话）

拒绝躺平

复旦大学校长　金力

栀子花香、离别情浓，又到一年毕业季。今天，3540名2023届本科毕业生将完成学业，奔赴世界各地，踏上人生新征程。我代表学校，向同学们表示最衷心的祝福，向悉心教导大家的老师、辛勤抚育你们的父母、关注和帮助你们成长的社会各界表示最诚挚的感谢！

在复旦118年的历史中，同学们是比较特殊的一届。短短几年大学时光，见证了中华人民共和国成立七十周年、中国共产党成立一百周年这样的历史时刻，亲历了脱贫攻坚千年梦圆、全面建成小康社会、中国式现代化新征程全面开启的两个一百年历史交汇期，更克服了疫情的重重考验。大家坚忍不拔、团结勇敢地迎接挑战，不仅顺利完成学业大考，也交出了优秀的青春答卷，收获了成长、责任和担当，证明自己有潜力担当大任、掌握未来。我代表母校和老师们祝贺大家，毕业快乐！

毕业是学业生涯的一个句号或者分号，更是同学们奔赴广阔天地奋斗的序章。在求学期间，一些同学通过不同方式向我表达过自己的想法和困感。我理解大家，此时此刻既有对毕业的欣喜、未来的期许，也有对未知的不安、前程的忐忑。三年来，世界加速改变，比如，"躺平"成为一个网络热词，萦绕在你我身边。大部分人只是口头上纾解压力，有的在生活中选择降低物质期望和追求，但也有一些人表现出精神上的消极淡漠、怀疑奋斗的意义。

各类信息和社会思潮不可避免影响到年轻人，增加了一些在校同学的焦虑和彷徨。最近，学生工作部门组织了一次2300多名本科同学参加的调研，逾六分之一的受访同学认为自己可能会选择"躺平、降低期待"，有超过五成同学对长远发展表示"压力很大"或"较大"。调研还显示，虽然同学们在课程、科研和毕业去向方面同样感到明显压力，但有近九成同学确认自己正在追求人生理想，近八成同学对自己的整体状态和积极品质感到满意。显然，复旦园是成长的"温室"，而不是"躺平"的温床，绝大部分复旦学子都在闯关夺隘、努力奋斗。

但是，离开校园之后呢？躺平成为一个社会话题，一定程度上说明当代中国社会小康、安定、开明，物质财富总体可观，基本生存不再艰难，人身安全有保障，人们可以作出选择。年轻人轻言"躺平"，不能简单说对或错，但躺平肯定不是好的人生选项。前路漫漫，必有风雨。人生奋斗要有动力，持久的动力必须是内生动力。拥有坚定的信仰、顽强的斗志和不竭的动力，不被彷徨困倦、不被焦虑消磨、不被挫折阻击，才能完成长途跋涉，体验到更多更美的风景。

拒绝躺平，同学们有三重内生动力：

第一，中国人不会选择认命。古往今来，"命由我作，福自己求"是流淌在中国人血液里的一种文化认同。习近平总书记说："经过百年奋斗，洗雪民族耻辱，中国人民成为自己命运的主人……中华民族伟大复兴进入了不可逆转的历史进程。"国家兴亡、匹夫有责,深厚的中华优秀传统文化滋养着一代代中国人的灵魂。在座同学应当思考,到大家"知天命"的年纪,能不能把一个强大的现代化中国交给下一代、创造出更美好的世界和未来,能不能无愧面对一代代艰苦奋斗、接续奋斗、不懈奋斗的先烈和前辈?使命在肩,怎能躺平?

同学们在校期间,通过亲身体验懂得了"世上没有从天而降的英雄,只有挺身而出的凡人"。面对困难,如果拘泥小我,也许只能发出怯懦的呻吟;但当小我融入大我的时候,人民就是江山、我们就是江山,没有什么能够阻挡我们前进的步伐!十四亿中国人齐心汇聚的磅礴伟力,给予我们"敢叫日月换新天"的底气,铸就我们不信邪、不怕鬼、不怕压的骨气,激发我们愚公移山、精卫填海的志气。

新征程上,复旦人应有敢为人先的豪情、扎根人民的踏实和迎难而上的脊梁,胸怀"国之大者"、服务人民根本利益,以引领时代发展、推动社会进步为己任,勇立中国式现代化建设的潮头。

第二,青年人不能自我压抑创造。欲望是创新的潜动力。年轻人是最有创新欲望和创造活力的,天赋不能被委屈,韶华不能被辜负。如果选择躺平,号称与困难压力"和解",将是对自己莫大的委屈和天大的辜负。如果"低欲望社会"蔚然成风,将会消解创新潜能、阻碍社会进步,甚至影响到创新型国家建设。

在今年浦江科学大师讲坛上,我请教丘成桐先生:"究竟什么是创新的源动力?"他的回答很简短,两个字"兴趣"。好奇心和求知欲是最本源的创新动力,兴趣是最好的老师;发自内心的热爱和渴望,是坚持创新、不懈奋斗的精神保证。正如刚才赵东元老师所说,因为热爱和兴趣,便能够甘之如饴,甘愿为之克服一切困难,把每一件事情做到极致。复旦人兴趣广泛，同学们在有许多选择的校园中成长，希望大家找到一生的兴趣，选择真正的热爱，品尝到"唯信仰与热爱不可辜负"的滋味。

同时，我们也要相信，生活不会辜负每个努力的人。美好的生活，依靠亲手创造。那些以为可以坐享其成而放弃劳动者身份的人，放弃的是奋斗的根基，失去的是奋斗的乐趣，并且把自己变成了历史的旁观者。希望大家不懈地用劳动创造幸福、创造未来、创造历史。

第三，复旦人不会选择守成。复旦118年的历史上，如果前辈抱有守成之心，这所学校或许早已夭折。在我们的母校尚在襁褓的时候，创校先贤们就为她立下"与欧美并驾齐驱"的宏愿，然后为学校的生存奔波不止、奋斗不息。所以复旦人深深懂得，高远的理想依靠一步一个脚印的奋斗去实现，卓越的境界在一次次的拼搏、突破和超越中被成就。

复旦人的字典里没有抱残守缺、故步自封。一周前，裘新书记寄语赴西部、基层和重点单位就业的同学们："干卓越的事，做有趣的灵魂。""卓越而有趣"是我们对复旦文化特质的共同理解。复旦的求学生涯辛苦而有趣，许多同学在大学生活中没有选择小富即安，而是为了卓越目标"自讨苦吃"，又苦中作乐、乐在其中。那份本科生调研显示，超过四分之三的同学已经触摸到"卓越而有趣"的真谛，那就是学会把强烈的使命感、责任感融入个人志趣，乐于接受挑战且不怕挫折，怀有乐群之心且善于合作，体验奋斗乐趣且热爱生活，练就乐观豁达的心胸，拓展开放长远的眼界。这样的文化特质，让更多的复旦人成为发现者、开拓者。

1949年3月，西柏坡"进京赶考"对话镌刻史册，我们的党和国家因为始终保持"赶考"精神而掌握历史主动。今天，同学们走向社会，将面临新的考验，希望大家也永远保持"赶考"状态，不忘初心，有进无退，掌握人生的主动。

亲爱的同学们！新征程充满光荣与梦想，也必定有许多荆棘。希望所有的新一代复旦人心花绽放，踏向荆棘。如果累了倦了，欢迎回到母校，让母校的风倾听你的压力，让母校的草拂去你身上的疲惫。母校永远守望大家、牵挂大家、祝福大家，永远是同学们的坚强后盾、温暖港湾和精神家园！

祝2023届毕业快乐、青春万岁！

（本文为作者在复旦大学2023年毕业典礼上的讲话）

在坚守和突破中前行

上海交通大学校长　丁奎岭

亲爱的同学们：

大家好！今天我们相聚在这里，共同见证你们人生的重要时刻。首先，我代表学校祝贺大家顺利毕业，向辛勤付出的老师和家长们表示衷心的感谢和诚挚的敬意！

四年前的金秋，我和大家一起，在这里共同参加开学典礼，聆听林忠钦校长深情寄语新交大人学会"归零"、矢志创新。四年寒暑，韶华不负。在师长的教诲和父母的嘱咐中，你们快速适应大学生活，懂得感恩、学会独立；在高数、大物等"霸王课"的考验中，你们找到适合自己的学习方式，建立起对专业的热爱；你们积极参与PRP、大创等项目，近距离接触科研，在一次次的尝试和探索中，逐步明晰前行的方向。面对突如其来的疫情冲击，你们不惧挑战、主动担当，在守护共同家园的同时，保持勤勉、不断进步。那些师生医务员工甘苦与共、心手相连的感人瞬间，医学院和附属医院医疗队挺身而出、火线驰援的大爱仁心，以及广大校友和社会各界心系交大、共克时艰的温情付出，成为你们难忘的人生记忆和宝贵的成长历练。摔阁塘中清荷盛，仰思坪上芳草深。你们的青春足迹和理想追求皆镌刻在这里的一草一木之上。

刚刚过去的这四年，也正是国家实力快速提升、世界局势风云变幻、科学技术迅猛发展的时期。党的二十大胜利召开，吹响了奋进新征程的时代号角，让我们心潮澎湃，坚定奋进志向；世界百年未有之大变局加速演进，chatGPT等人工智能新技术迅猛崛起，亦让我们感受到时代瞬息万变、机遇与挑战并存。风华正茂的你们，拥有无比宽广的人生舞台，也必将面临诸多不确定性因素和各种各样的困难压力。迎接挑战、应对变化，既要有处变不惊的战略定力，坚守初心使命，保持人生底色；也要有主动求变的创新活力，突破藩篱束缚，创造无限可能。因此，在你们即将开启人生崭新篇章之际，围绕坚守与突破的主题，我和杨振斌书记一起，想和大家分享几点想法。

坚守意味着一种选择，一种信仰，一种对使命追求的无悔执着。在酒泉卫星发射中心，有一群年轻的交大人，他们"择一事终一生"，怀着对航天事业的热爱和以所学报国的赤诚情怀，以青春之火助力"中国星"遨游太空。在写给母校的家书中，他们汇报了在大漠的坚守与奋斗、成长与收获，令人感动不已。"一颗赤心贯苍穹，台前幕后交大人"，一代代交大人接续奋斗，将个人的点滴微光汇聚成璀璨星河，让我们深刻感受到了"坚守"二字磅礴而恒久的力量。

同学们，今天你们将再次启程，希望你们不管是继续深造还是走上工作岗位，都能保持"咬定青山不放松"的执着和"十年如一日"的坚守。要坚守心中的热爱，唯有热爱才能无悔于自己的选择、忠诚于人生的信仰；热爱也是使一个人能够坚定从容、无畏风雨的强大精神力量。环境科学与工程学院孔海南教授投身洱海研究与治理三十载，守得水清月明，迎来海菜花开，他用"洱海情结"四字诉说了自己的倾心与热爱。最好的人生，莫过于找到自己热爱的事业并为之坚守一生。希望你们无论身处顺境还是逆境，永远不要放弃心中的热爱，以热爱激发灵感、点亮梦想，在对人生、事业和家庭的热爱中乘风破浪、一往无前！

同学们要坚守交大人的精神底色。交大赋予你们的不仅是知识和能力，更重要的是交大人传承不息的价值追求和精神品格，这也必将是融入你们血脉、永远挥之不去的人生底色和集体气质。在学校的这几年，你们与一个又一个交大前辈进行了跨越时空的对话，耳濡目染了一代又一代交大人笃实奋进、建功立业的动人故事。无论是钱学森学长"我的事业在中国、我的成就在中国、我的归宿在中国"的拳拳心声，还是黄旭华学长"此生属于祖国，此生属于核潜艇"的铮铮誓言，都让你们深切体会到"饮水思源、爱国荣校"校训的厚重意蕴，以及"求真务实，努力拼搏，敢为人先，与日俱进"交大精神的深刻内涵。在新时期，"选择交大，就选择了责任""走出交大，就要勇担使命"又成为交大人共同的价值追求。希望你们在坚守中传承和发扬交大人的优良传统和精神品格，坚守赤诚奉献、实干兴邦的爱国精神，求真务实、追求卓越的科学精神，敢为人先、勇于超越的创新精神，在大变革的时代把握好人生前行的方向，让青春在广阔天地中绽放光彩！

同学们，懂得坚守，才能行稳致远。同时，还要尝试突破，才能收获人生的别样精彩。突破代表着一种勇气，一种力量，一种对未至之境的主动探索。交大校园里活跃着一批科学家，他们勇于打破学科的边界和思维的局限，不断尝试、持续探索新的可能。他们中有人围绕能源发展的重大命题，研制高性能电卡制冷材料，突破该领域存在近百年的工程化瓶颈，有望成为未来"薄膜空调"的关键技术;有人聚焦合成生物学的前沿发展,通过细胞代谢网络的设计和重塑,开发"细胞工厂",从而实现生物基产品的绿色制造;有人致力于打破药物研发技术壁垒,拓宽超分子组装技术应用,实现了主动靶向纳米药物递送,推动肿瘤的精准治疗……他们在各自深耕的领域拓宽思路、交叉融合、积极尝试,为制约科技发展或社会民生的难题寻求新的解决方案,让我们感受到与"突破"相伴相生的神奇力量。

征途漫漫,上下求索,坐井只能观天,破茧方能成蝶。通过本科阶段的学习,你们初步建立了所在学科的专业知识体系,也有了自己的"专业标签"。但长远的求知为学不能仅仅局限于单一学科,而应兼顾知识的精深和广博。李政道先生曾说,"我是学物理的,不过我不专看物理书,还喜欢看杂七杂八的书。多看一些,头脑就能比较灵活",提醒我们在知识探究和科研探索中应跨越领域、拓展视野。行业实践亦是如此,不为学科专业设壁垒、不对自身能力设限制,以开放包容的心态和交叉融合的思维勇于探索尝试,方能创造更多可能。我校船建学院校友、宁德时代公司首席科学家吴凯,毕业20年后重回交大读博,突破原有专业领域和知识结构,在动力电池技术和应用的新领域中创新探索,为产业发展打开了广袤空间。同学们,未来能力的高低不仅取决于知识的深度,更在于不断学习新事物、灵活应用新知识。希望你们勇于突破学科的边界,在"深挖"和"交叉"的融通并进中探索未至之境,打造自己的核心竞争力,不断迈向新的高度。

同学们要突破小我的束缚。人生之路如同登山,如果只顾及眼前的方寸之地,就容易被脚下的泥泞或路边的草木所牵绊;而如果抬头将巍峨群山、苍茫天地尽收眼底,则更能激发前行的信心与斗志。你们在攀登的征程中也将会面临人生的诸多选择，要打开格局，做一个包容豁达的人，把眼前的得失和当下的问题放在更长的时间尺度上来审视，在为人处世中保持心胸开阔，善于团结协作。要胸怀天下，做一个志存高远的人，将个人人生融入祖国建设发展的洪流，与祖国和人民同呼吸、共命运。新中国成立之初，钱学森、吴文俊、徐光宪、杨嘉墀等一大批老学长毅然放弃国外舒适的工作生活环境，辗转回到祖国倾尽所学、贡献力量；改革开放之后，一批批交大人敢为人先、紧抓机遇，全心投身现代化建设，在急性早幼粒细胞白血病攻克、绞吸式挖泥船设计制造、高性能镁合金研发制备等方面作出重要贡献；21世纪以来，交大学子主动回应时代需要，敢于参与全球竞争，服务人类进步事业，在各行各业脱颖而出。同学们生逢盛世、壮志在胸，希望你们把"小我"融入"大我"之中，不为浮躁所动、不为诱惑所扰，将个人追求超越于求田问舍、小富即安之上，在全面建设社会主义现代化国家、全面推进中华民族伟大复兴的新征程中贡献青春力量！

同学们，知常明变者赢，守正创新者进。坚守和突破相辅相成，体现了守正与创新的辩证统一。坚守不是墨守成规，而是对于心中热爱与精神品格的执着践行；突破不是改弦易辙，而是在交叉融合与心怀"大我"中创造更多可能。唯有坚守，才能根深叶茂、源远流长；唯有突破，才能与时俱进、推陈出新。大家既要以坚守把稳舵盘、保持航向，又要以突破创新发展、扬帆远航。

骊歌声渐起，依依思源情。同学们，四年前，你们收拾行装从祖国各地来到东海之滨求学，我初来交大，和你们一起参与并见证学校的快速发展；四年后，你们收获满满即将毕业，我和老师们都满怀不舍和祝福，送别你们踏上新征程。任岁月更迭变迁，"交大人"是我们共同的名字，母校永远是你们的坚强后盾和精神家园,欢迎大家常回家看看。

祝愿大家前程似锦、宏图大展,谢谢!

(本文为作者在上海交通大学2023年毕业典礼上的讲话)

在大模型时代主动进化 踏浪前行

厦门大学校长 张宗益

尊敬的各位老师、各位家长、各位来宾，亲爱的同学们：

六月蝉鸣，凤凰花开，又是一年骊歌起。今天，我们欢聚在这里，隆重举行厦门大学2023届毕业典礼暨学位授予仪式，共同分享属于你们的荣耀时刻。首先，我代表学校向所有圆满完成学业的毕业生表示热烈的祝贺！祝贺你们扬帆起航，开启人生旅程新篇章！

借此机会，我也要衷心地感谢你们，感谢你们在意气风发的最美年华，选择了与厦门大学相遇、相知、相伴、相守。正是因为见证了一代代南强学子的青春印记，厦门大学才能走过102载，犹葆活力。我还希望你们和我一起，向陪伴你们一路成长的父母、老师、同伴和亲友们道一声感谢！"确认过眼神"，他们都是心甘情愿为你们付出的人。让我们一起用热烈的掌声感恩他们！

今年毕业的同学们，可谓"风云际会"。在厦大求学生活的几年里，你们见证了新中国成立七十周年、建党一百周年、党的二十大胜利召开等繁景盛况，目睹了"神舟"飞天、"嫦娥"揽月等"国之重器"的诞生，参与奉献了无与伦比的厦大百年校庆盛典，你们成长的每一步都与这个伟大的时代"双向奔赴"。与此同时，你们也面临着许多前所未有和意想不到的挑战：百年未有之大变局加速演进，以chatGPT为代表的生成式人工智能横空出世，大模型、大数据、大算力强烈冲击着我们的学习、工作和生活方式。

微软创始人比尔·盖茨认为："chatGPT出现的重大历史意义，不亚于互联网和个人电脑的诞生"。作为一种革命性的AI大语言模型，chatGPT通过融合人工智能算法、算力及海量数据，具备了能够处理当今人类几乎所有学科和知识的能力。它能作诗写论文，能谱曲编代码，还能翻唱歌曲、进行艺术创作……可以预见，随着大模型的不断发展与突破，chatGPT将会变得越来越"聪明"，"智能涌现"也引发了人们对于"被AI取代"的惶恐与不安。大模型科技浪潮带来的颠覆性变革，对于每个人而言都是一场重大考验。我们比以往任何时候都更加需要思考，人类该如何迎接和拥抱"万物懂我"的AI时代，如何才能更好地把握未来？作为师长，在你们即将奔赴新征程去大展拳脚之际，我想以"主动进化、踏浪前行"为主题，与大家交流共勉。

主动进化、踏浪前行，做践行终身学习的能者。

历史学家尤瓦尔·赫拉利在《未来简史》中记载：传统上，人生主要分为两大时期：学习期，再加上之后的工作期。但这种传统模式很快就会过时。要想不被淘汰只有一条路：一辈子不断学习，不断打造全新的自己。当前，人类知识总量的爆炸式增长叠加人工智能的飞速发展，终身学习已经成为新技术变革下的一种必要生存能力。大模型时代的终身学习，已经不局限于知识的获取和积累，更是底层逻辑的不断提升和知识持续创新的过程。

在终身学习中始终保持好奇心。好奇心是人类探索世界、追求知识的驱动力，它激发我们主动探究事物背后的原理和机制。爱因斯坦曾说过：我没有特别的天赋，只有强烈的好奇心。尽管生成式人工智能可以为我们提供海量的已知知识，但它无法替代人类对于未知领域的探索与创新。我校赵玉芬院士团队怀着对地球生命从哪里来的好奇心，20余年来克服重重困难，大胆尝试验证，不久前其密码子的化学起源科研项目搭乘神舟十六号入驻中国空间站，将在轨实验的设想照进现实。同学们，好奇心永远是一种宝贵的品质和财富，即使在生成式人工智能时代，好奇心和探索欲依然能有效持续拓展我们的认知边界，不断帮助我们挑战自我、突破自我，成为更有智慧的人。

在终身学习中不断拥抱新改变。当前，随着AI技术的不断发展和应用，人工智能在越来越多领域展现出巨大潜力，正在形成人机协同、脑机融合等人与机器共存、物理世界与虚拟世界交互的智能新形态，这将对人类产生深远的影响。纵观历史上的科技革命，每一次技术变革都会引发大量传统行业和领域的消失，但与此同时也催生出无数新兴的行业和机会。据预测，未来5年内，全球近四分之一的工作岗位将发生变化。如何主动学习和运用人工智能等新技术、新工具，与之建立优势互补的伙伴关系，延展我们的智力和创造力，将决定我们能否持续保持自身的独特竞争优势。

主动进化、踏浪前行，做升级思维模式的智者。

思维模式是我们诠释世界的思考方式和逻辑方法，它的差异决定了思想和行为的不同。在人工智能的加持下，世间万物呈现出更加复杂的多面性、关联性和虚拟性，唯有持续升级思维模式，我们才能跳出点、线、面的局限，从三维的现实空间进入现实与虚拟交互的多维空间，在更多维度上把握事物的本质，及时有效地应对新情况、新变化。

在升级思维模式中做到跨界融合。大模型具有的广泛学习和生成能力，使得知识边界愈加模糊。当今世界，技术创新和突破往往呈现出集群化特征，行业交织、领域交叉、知识交融成为新的重要标志。许多重大现实问题变得更加错综复杂，已经无法靠单一学科和专业来解决，必须通过交叉科学的思维方式来审视和应对，而这依然是现代高等教育的痛点。大家熟知的纳米科学、基因工程、登月计划等，都是在知识的跨界融合中取得的重大突破。希望同学们今后更有意识地训练跨界思维能力，不仅要在自身的专业领域内耕耘，更要自觉地去拓展思维的宽度，通过跨领域知识的不断交汇、碰撞和重组，以更广阔的多视角去认识和理解这个世界，用跨界思维看待问题、提出解决方案，从而更好地赢得未来的主动权。

在升级思维模式中学会深度思考。身处碎片化信息洪流中，希望同学们不要只做知识的搬运工，而要在深度思考中更好地洞悉事物的本质和规律。深度思考能力是一个人具备高级认知能力的体现。诺贝尔物理学奖获得者兰姆认为：你可以从别人那里汲取某些思想，但必须用你自己的方式加以思考，在你的模子里铸成你思想的砂型。只有经过思考的东西，才会真正被吸收，纳入个人的认知结构中，融进个体的思维方式里，最终升华成为思想体系。深度思考，就是要坚持不懈地深挖事物的本来面目，去粗取精、去伪存真，不断加深对事物的理解和认知；从客观和理性的视角去认识飞速变化的世界，实现个人的持续成长。

主动进化、踏浪前行，做打破常规束缚的勇者。

在充满不确定的时代，大至经济民生，小至个人决策，都面临着许多不可控、不可预见的复杂问题。人工智能的飞速发展，让更多"不可能"

成为"可能",但也加速衍生了一系列新问题新挑战。唯有迎难而上、打破常规,才能在破解难题中不断实现能力进阶。

在打破常规束缚中勇于探索尝试。AI技术的进步为我们提供了前所未有的机会和创造空间,让我们有更多可能性去解决许多"悬而未决"的难题。比如,大模型的出现为自动驾驶带来了新的可能性;人工智能通过预测药物的疗效将为患者提供高度个性化的治疗方案,等等。新的颠覆性技术和工具的应用,让我们在不确定的变化中获得新机会。希望同学们大胆尝试,在反复试错中问寻真理、走向成功;在未来的生活、工作中主动跨出"舒适区",挑战"不可能",怀揣冒险精神,破除条条框框,善于运用新技术、新手段,探索解决问题的新思路、新方法,在别人没有走过的路上收获别样的风景。

在打破常规束缚中勇于批判质疑。"欲思其利,必虑其害,欲思其成,必虑其败。"只有深刻认识事物的两面性,以辩证的思维、批判的眼光去分析和理解问题,才能在纵横交错的因素中掌握打破常规的主动权。生成式人工智能给了我们前所未有的便利性,在更易于拥有"答案"的时代,更要勇于批判质疑。人工智能本身并非完美无缺,它的发展也带来了诸如数据安全、伦理道德、法律责任等潜在风险,我们必须学会更好地以批判性思维审视、反思大模型带来的影响和改变,未雨绸缪、趋利避害。同学们,在生成式人工智能即将成为常态的时候,唯有打破人工智能本身带来的新的"常规束缚",坚持独立思考,不盲从、不偏见,敢于发现问题、善于解决问题,方能"不畏浮云遮望眼",在未来的人生道路上飞得更高、走得更远。

"大风泱泱,大潮滂滂。"同学们,每一代青年都有自己的际遇和机缘,生逢盛世,当不负盛世!你们是党的二十大开启新征程后的第一批厦大毕业生，希望你们志存高远、胸怀天下，牢记习近平总书记的嘱托："用脚步丈量祖国大地，用眼睛发现中国精神，用耳朵倾听人民呼声，用内心感应时代脉搏"，在这个大变局、大变革和大调整交织时期，面对大模型、大数据和大算力，自信从容、敢为人先，致知于无央、充爱于无疆，到祖国和人民最需要的地方创造属于自己的精彩人生，在以中国式现代化全面推进中华民族伟大复兴的强国伟业中抒写厦大人的"诗与远方"。

同学们，你们即将从厦大出发，此去繁花似锦，相逢依旧如故。无论春秋寒暑，无论天南地北，母校都会一直牵挂着你、关注着你、祝福着你，"思明南路422号""翔安南路4221号""南滨大道300号"，永远是你们回忆当中最温暖的地标。期待大家常回来看看！

祝愿你们以梦为马、不负韶华，鲲鹏展翅、扶摇万里！

谢谢大家！

（本文为作者在厦门大学2023年毕业典礼上的讲话）

7

不负时代不负卿

浙江大学校长　杜江峰

亲爱的同学们:

大家好！时间过得真快，又到了一年当中最为不舍的时刻，但当我看到你们洋溢的灿烂笑容，感受到你们涌动的澎湃激情，顿时让我觉得青春的活力足以驱散一切离别的伤感。在此，我谨代表学校，向你们顺利完成学业表示热烈的祝贺！向悉心培养和关心你们成长的老师们、家人们，致以诚挚的感谢！祝福你们奔赴似锦的前程！

今天也是我到浙大工作以来，第二次参加研究生毕业典礼。毕业是礼赞青春的仪式，更是逐梦远征的序曲。"我们今天是桃李芬芳，明天是社会的栋梁"，正如《毕业歌》中所唱，同学们将豪情满怀地走向世界，在广阔天地中铺展人生画卷。习近平总书记指出，新时代的中国青年要以实现中华民族伟大复兴为己任，不负时代，不负韶华。当全球秩序分化重构、科技浪潮风起云涌、价值冲突日趋激烈，同学们是否已经准备好，坚定地踏出人生新的一步？借此机会，我想围绕这个时代，和大家分享三

点希望:

这是一个奔竞不息的时代,希望同学们听从内心召唤,保持追求理想的笃定和清醒。

认清世界是我们开启征途要面对的第一个问题。未来的世界有两个急剧变化的图景,一是全球和国际局势不断发生深刻变化,二是科技变革和人类文明加速迭代演进,并且这两种图景是交织在一起的。面对影响人类历史进程和发展趋向的态势,希望每一位浙大研究生在人生的新起点,思考这个世界能否会更好的问题。这不仅是世界观、价值观的问题,也会直接关系到人生的选择。

罗曼·罗兰说:"世界上只有一种英雄主义,就是看清生活的本质后,依然热爱生活。"同学们,未来你们可能会面临来自社会工作、自身成长的各种压力和挑战,高扬理想主义、保持追求终极价值的纯粹,始终是一个人决胜未来、成就一番事业的关键。大家都熟悉的马斯克,他在商业上的成功不是偶然的,正如其在《相信科技创造美好未来》一文中记载:"我最大的希望是,人类在火星上创造一个自给自足的城市。"正是对探索星辰大海的向往,为他的事业发展创造了无限可能。

心怀理想的人是这个时代最可爱的人,希望同学们用自我的理性和科学态度慎思世界,不被眼前利益所"左右",始终保持心中的热忱与豁达,坚守内心的追求与美好,用理想主义之光驱散成长道路上的浮躁功利和现实羁绊,在创新创造中感知无比丰富的生命体验。

这是一个强国有我的时代,希望同学们勇担战略使命,自觉践行"清澈的爱,只为中国"。

认清家国是我们开启征途要面对的第二个问题。一百年前,英国著名学者罗素在《中国问题》一书中预言:在接下来的两个世纪,中国的发展将对全世界产生极为重大的影响。现在看来，这一预言正成为现实。当代中国正经历人类历史上最为宏大而独特的现代化进程。未来30年，正是我国深入推进社会主义现代化强国建设的关键时段，也是在座各位成就人生、建功立业的黄金时期。此时此刻，仰望苍穹，在我们头顶之上400公里外的地方，中国空间站内的航天员们正开展着空间应用和科学实验，将推动人类共同探索太空的进程；俯瞰大海，在南海水下1500米深处，深海科技与水下考古跨界融合，我国深海考古取得世界级重大发现，将对中国海洋史、世界文明研究等带来突破性影响。

同学们，你们是中国式现代化的接力者、见证者和创造者，希望大家树立为强国建设、民族复兴奋斗终生的志向，坚定"中国的就是世界的"理想，像陈薇校友所说的"一个人的职业选择如果能与国家重大需求结合，他的个人价值就会成百倍地放大"，主动在国家重大战略中寻找事业发展的方向，立足中国实践，努力为人类科技进步、文明交流互鉴，为共建美好世界作出浙大人应有的贡献。

这是一个无限可能的时代，希望同学们弘扬求是精神，开启重塑自我的发现之旅。

认清本我是我们开启征途要面对的第三个问题。青年时期往往是创造活力迸发的鼎盛阶段，正如《新时代的中国青年》白皮书中所写：北斗卫星团队核心人员平均年龄36岁，量子科学团队平均年龄35岁，中国天眼FAST研发团队平均年龄仅30岁。正值青春年华的你们，未来具有无限可能。身处这个瞬息万变的时代，新知识、新技术、新业态层出不穷，一个人不想被时代淘汰，需要在超越自我、重塑自我中成就精彩人生。与此同时，每个人成功的背后也都饱含着辛勤汗水，也曾经历失败挫折，前进路上唯有不断提升自我、练就本领、行而不辍方是成事之道。

希望同学们秉承求是精神，使学习研究成为人生的常态，全面增强把握发展大势的能力，不断拓展自己的知识边界和视野格局，善于用可迁移的底层逻辑思维洞悉事物的运行规律，把握好人生每一次华丽转身的机遇。要努力提升抗挫折能力，葆有百折不挠的宝贵品质，自信从容地应对困难挑战，在远大理想的指引下攀登更加光辉的事业高峰。

黑格尔曾说："转瞬即逝的玫瑰并不逊于万古长存的山岭。"人生是短暂的，而唯其短暂，它才具有无与伦比的价值。亲爱的同学们，"乘风好去，长空万里，直下看山河"。衷心祝愿大家在今后的人生岁月里，始终保持不负时代、不负韶华的自信与豪迈，在壮丽的远征中共同铸就浙大人的荣耀与辉煌！

青山不改，绿水长流。今天，你以浙大为荣；明天，浙大以你为荣！就此别过，我们后会有期！

祝同学们毕业快乐！祝福大家！

（本文为作者在浙江大学 2023 年毕业典礼上的讲话）

8

与国同梦,与时偕行

南京大学校长 谈哲敏

尊敬的各位来宾、各位家长,老师们、同学们:

大家下午好!

当常青藤再度爬满北大楼,当穿着学位服的身影流连于六月的校园,南雍骊歌已悄然唱响。今天,我们以一场隆重的毕业典礼,共同见证2023届同学们的毕业时刻。在这个意义非凡的人生节点,请允许我代表学校,向毕业的同学们致以热烈的祝贺,向为学子的成长付出辛勤汗水的老师、员工和家长们致以崇高的敬意和衷心的感谢!

此时此刻,现场还有一个特别的群体与我们共同分享这份喜悦,他们是重返母校参加典礼的2020届毕业生代表们。谨此,也向回家的南大人致以诚挚的欢迎和祝福!

始于一张录取通知书,系于一份毕业证书,书轻意重,纸短情长,其间辉映着南大百廿薪火与同学们成长时光的互动交融,承载着同学们诚朴雄伟、励学敦行的蜕变历程。你们坚韧不拔,自强不息,同学们大部分入学于疫情期间，疫情给大家的求学之路带来了巨大冲击，却也让我们共同经历了一段特殊的时期。当居家防疫、线上学习、空中课堂、云端实习构成了完全不同的南大时光，你们直面变化挑战，在适应独处、砥砺自我中战胜焦虑和困难，在关爱他人、守望相助中学会理解、包容与担当，不仅坚持完成了学业，也因这段独特的人生阅历而变得更加成熟。有了你们的理解与支持，才有学校抗疫的胜利。你们知行相济，学用相长，从置身国家需求和科学前沿，到投身各类重要赛事；从走进乡土中国深处，到走向世界舞台中央，始终以"自找苦吃"的精气神，在科研创新、文化传承、公益服务、国际合作等领域孜孜以求，刻下了一笔笔浓墨重彩的拼搏印记。你们传薪赓火，继往开来，亲历建党百年与建校百廿的历史时刻，见证党的二十大胜利召开，聆听着习近平总书记重要回信的殷殷嘱托，接受了一次次思想淬炼和精神洗礼，胸中"请党放心，强国有我"的誓言激扬报国壮志，笔尖"建设第一个南大"的建言尽写荣校之情，脚下去往"祖国和人民最需要地方"的步伐共鸣时代跫音。

这些难忘的点滴，都是"时代—国家—大学—个人"同频共振的结晶，折射着新时代南大青年"嚼得菜根香，做得大事成"的志气、骨气与底气，诠释着巍巍南大扎根中国大地，为党育人、为国育才的初心使命，丰厚着这座百廿学府"与时代同呼吸、与民族共命运，谋国家之强盛、求科教之进步"的根魂血脉，壮大着她再续华章、雄创一流的奋进动力。母校感谢你们！

今天，同学们把毕业证书装进行囊，标志着上一阶段人生目标的实现，也意味着即将开启新的征途。无论是继续求学深造，还是走上工作岗位，选择的道路或有不同，但相同的是，我们都身处这个国际格局和秩序深刻复杂演变的世界，都与强国建设、民族复兴的新征程同脉搏、共命运，都切身经历着科技革命和产业变革对生产、生活、学习和思维方式的重构，都将面临开放互联、动态变化的社会所带来的不确定性选择。"每一代青年都有自己的际遇和机缘，都要在自己所处的时代条件下谋划人生、创造历史。"历史的坐标上，镌刻的是奋进的脚步；人生的流转中，不变的是追梦的身影。同学们是追梦者，也是圆梦人，而你们"谋划人生、创造历史"的命题，就是与国同梦，勇担重任，与时偕行，守正立新。为此，我想将最真挚的祝福化为四点期望赠予大家：

一是胸怀"国之大者"。"爱国，是人世间最深层、最持久的情感，是一个人立德之源、立功之本"；报国，是百廿南大矢志不移的办学旨归。从一代代以李四光、程开甲等老一辈科学家为榜样，学成归来报效国家、服务人民的南大科教工作者，到一批批奋战在祖国建设各行各业的校友同胞，"心系国家事，肩扛国家责"始终是全体南大人共同的价值追求。成长路上，同学们熏陶于师长们的言传身教，启智润心；未来征途，你们理应赓续弘扬前辈们的光荣传统，把家国情怀镌刻在灵魂深处，把红色基因熔铸为生命底色，想国家之所想、急国家之所急、应国家之所需，把个人的理想追求融入党和国家事业之中，争做复兴栋梁、勇当强国先锋。

二是把握"时之变者"。"终日乾乾，与时偕行"，青年的你们思维最为活跃、创造力最为旺盛，最能敏锐地感受到中国之变、世界之变、时代之变，也最有能力改变和创造未来。希望你们以持之以恒的姿态终身学习，不断实现思想观念的更新、本领才干的增强和思维层次的提升；以"千磨万击还坚劲"的韧性迎接挑战，勇于走出"舒适区"，无惧激烈竞争，在敢为人先、超越自我、创新突破的过程中适应变化、拥抱变化、创造变化，从而拥有"任尔东西南北风"的气魄和格局，勇立时代潮头、把握时势之变，努力回应"世界怎么了""人类向何处去"的时代之题。

三是坚守"德之厚者"。"人无德不立，品德是为人之本"，只有不断修身立德，打牢道德根基，才能在充满变化的人生征途上行稳致远。"诚"耀百廿，是南大传统精神的本色，也是激励南大人臻于至善的恒久力量。希望你们心存大爱无疆的仁爱情怀，以诚立身，达人成己，在为祖国、为人民、为社会、为家庭的奉献中超越"小我"，成就"大我"，实现个人价值的升华；希望你们拥有宁静豁达的人生智慧，以"板凳甘坐十年冷，文章不写半句空"的真与善，冷静应对诱惑和挫折，从容走过喧嚣和迷茫；希望你们永葆勇于斗争的浩然正气，不忘初心，坚定信念，勇毅前行，化崎岖为坦途，矢志追求更有高度、更有境界、更有品位的人生。

四是争当"行之实者"。"诗书负笈，不为有道"，坐言起行，行胜于言。对南大人来说，"敦行"二字不仅写在校训里，更要传承于血脉中。未来无论身在何处、从事什么样的工作，同学们每一刻的努力与付出，都是在共同创造属于你们的历史。希望你们不驰于空想、不骛于虚声，在自己的崭新征途上沉下心、俯下身、扎下根，争朝夕、积跬步、致千里，在不懈奋斗中实现卓越引领，在各自岗位上作出不凡贡献，与祖国同心同梦、与时代同向同行，书写不负盛世、不负韶华的灿烂诗篇。

同学们，逐梦赴山海，奋进启新程，于道各努力，千里自同风。执手临别，让我把千言万语归结成美好的祝愿，衷心祝愿你们吹响逐梦的号角，扬起前行的船帆，去新的征程砥砺奋斗，在新的天地建功立业，铸就于国有功、于校有荣、于己有彩的壮丽人生！

母校是你们永恒的家园和坚强的后盾，母校永远祝福你们，欢迎你们常回家看看！谢谢大家！

（本文为作者在南京大学2023年毕业典礼上的讲话）

9

在创新实践中成就更好的自己

华中科技大学校长 尤政

亲爱的2023届研究生同学们，尊敬的老师、校友、来宾朋友们：

大家上午好！

今日夏至，万物生长，所有美好如约而至。今天，我们在这里隆重举行2023年研究生毕业典礼，一起见证880名博士生、4562名硕士生毕业的重要时刻。首先，请允许我代表全校师生和员工，向你们送上最诚挚的祝贺！向为你们辛勤付出的师长们，表示最衷心的感谢！

同学们，在华科大求学的日子里，我们留下了与共和国同行、与新时代共进的记忆。

过去的这些年，我们一起庆祝了中国共产党成立一百周年，许下"请党放心，强国有我"的铮铮誓言；我们见证了第一个百年奋斗目标如期实现，在中华大地上全面建成了小康社会；我们迎接党的二十大胜利召开，深入学习贯彻党的二十大精神，加快建设教育强国、科技强国、人才强国，奋力抒写中国式现代化的崭新篇章。在这里，我们遇见了更好的祖国。

过去的这些年，学校综合实力稳步提升，学科建设成果显著，未来技术学院、集成电路学院、国家卓越工程师学院等相继成立，国家智能设计与数控技术创新中心、国家数字建造技术创新中心、铸牢中华民族共同体意识研究基地等国家级平台先后落户，国家治理研究院为推进国家治理体系和治理能力现代化提供决策咨询，以"四颗明珠"为代表的27个国家级重大科技创新平台体系熠熠生辉；学校校园环境之美愈加彰显，喻家山道鸟语花香，湖溪河碧波荡漾，格桑花朵朵盛开，近十栋学科楼群拔地而起；学校加快建设中国特色、世界一流、华科风格的高水平大学，总结建校70多年的宝贵经验，描绘了"顶天立地、追求卓越"的美好蓝图。在这里，我们遇见了更好的华科。

过去的这些年，我们一起在喻家山下、碧珠廊旁度过了难忘的时光。春赏东九楼玉兰花海，夏看醉晚亭绿荷舒卷，秋观梧桐语桐叶金黄，冬览青年园傲梅屹立。你们在华科大每一个挥汗如雨的日子，闪闪发光的不只是流淌的汗珠，还有成长蜕变的光芒。在"校长面对面"等多次与学生代表的交流中，我了解到你们当中，有人铆足钻研干劲，攻克关键技术，心有大我，至诚报国；有人坚守救死扶伤誓言，保障人民生命健康，医者仁心，生命至上；有人选择投身基层，走进乡土中国深处，向下扎根，向阳生长……在你们身上，我看到了未来的学术大师、杏林圣手、兴业之材、强军之将和治国栋梁，我和老师们为你们感到骄傲！在这里，我们遇见了更好的自己。

同学们，青春孕育无限希望，青年创造美好明天。当前，世界之变、时代之变、历史之变正以前所未有的方式展开。在世界百年未有之大变局加速演进的年代逐梦现代化，要求我们必须走出适合国情的创新之路，加快自主创新的步伐，更好地服务高水平科技自立自强。你们作为社会上最富活力、最具创造性的群体，依靠创新走到今天，也将在各自的岗位上继续开拓创新。奔赴新的征程，希望你们厚植家国情怀、练就过硬本领、磨砺坚韧意志，在创新实践中不断成就更好的自己！

在此，我想谈几点希望，与大家共勉。

第一，在创新实践中厚植家国情怀。

"士不可以不弘毅，任重而道远。"习近平总书记强调："立德为先，修身为本，这是人才成长的基本逻辑。"建校70多年来，华科大始终坚守"为党育人、为国育才"初心使命，涌现出一批以两院院士、国家最高奖获得者、人民英雄、时代楷模、全国最美教师等为代表的先进典型，培养输送了70余万爱岗敬业、无私奉献的社会主义建设者和接班人。20世纪80年代，机械科学与工程学院熊有伦院士放弃国外优渥条件毅然回国，怀着"国家需要什么，我们就研究什么"的信念，从零开始全身心投入机器人领域科学研究，推动中国制造由自动化、数字化走向智能化，主持编著的教材为机器人技术的发展和产业集群的形成提供了理论创新源头，生动诠释了新中国科技工作者的家国情怀。这种熔铸进学校红色基因里的家国情怀，在一代代华科大人身上接续传承。你们当中的研究生红色理论学讲团成员，结合自身学科专业优势，高质量打磨"人民医学家裘法祖""同济内迁武汉的精神底色""从中国光谷看科技自立自强"等80余门微课程，平均每月深入学生党支部等集体宣讲120余场，以青年之声凝聚起"听党话、跟党走"的强大合力，在学与讲的创新实践中擦亮"党旗红"与"科技蓝"的青春底色。

同学们，你们即将走上工作岗位，无论去往何方，希望你们始终胸怀"国之大者"，带着感情、饱含热情、充满激情，在报效祖国、服务人民的创新实践中实现人生价值，让青春之花绽放在祖国和人民最需要的地方！

第二，在创新实践中练就过硬本领。

"盖有非常之功，必待非常之人。"攻坚克难成就一番事业，不仅需要宽肩膀，也需要铁肩膀。在芯片领域，我校1958届毕业生黄令仪校友让歼20、北斗卫星有了国产"心脏"，打破了西方的技术封锁，被誉为"中国龙芯之母"。20世纪60年代，专攻"两弹一星"中的瓶颈时，没有检测设备，团队成员就靠舌头去尝试验化学药品；打造中国芯时，缺乏经费，黄令仪就掏空家底参与研发。尽管面临重重阻碍，黄令仪还是带领团队成功研制出二极管、三极管、微型计算机、大型集成电路等重大成果，用过硬本领铸就"龙芯"。在长达半个多世纪的艰辛探索中，以黄令仪校友为代表的芯片人以扎实的学术功底一路披荆斩棘，让中国人摆脱了无"芯"可用的局面。"绳短不能汲深井，浅水难以负大舟"，创新创造离不开高强本领的坚实保障。在2023年计算机视觉与模式识别领域挑战赛中，人工智能与自动化学院7名研究生斩获两项全球冠军。近些年来，华科大研究生群体服务国家重大需求，深度参与导师科研项目，同时积极参加"互联网+"、挑战杯、中国研究生系列创新实践赛事等，培养创新意识、提升创新能力，不断在创新实践中练就过硬本领，为实现高水平科技自立自强贡献青春力量。

同学们，希望你们抓住青春年华，牢固树立终身学习的理念，把读书学习、攻坚克难作为一种生活方式、一种人生追求，下一番苦功夫，练好"内功"，用拼搏奋斗书写责任担当，在中华民族伟大复兴的征程中勇当开路先锋、争做事业闯将！

第三，在创新实践中磨砺坚韧意志。

"志不求易者成，事不避难者进。"习近平总书记年轻时在梁家河就闯过"五关"，从困难中汲取奋进力量，他强调"青年人就要'自找苦吃'"。

建校70多年来，华科大人筚路蓝缕、艰苦创业，勇攀科技高峰。在阴冷潮湿的喻家山洞，引力中心团队瞄准基础物理科学前沿，三十年如一日"测地观天"，以坚韧不拔的精神啃下"硬骨头"，测出迄今最高精度的引力常数G值，把"天琴"空间引力波探测计划首次完整地展示在世界面前。这种敢创新、肯吃苦的精神镌刻在华科大人的心灵深处。化学与化工学院博士生孙宁宁怀揣着对科研的执着和热爱，在工作四年后，作为一名两岁孩子的母亲，她勇敢地选择了继续深造。从事科学研究的过程中，尽管实验结果常常不尽如人意，但她坚守创新实践初心，不怕吃苦、不怕试错，希望屡屡破灭，却屡败屡战，历时三年，最终成功构建了具有全新催化机制的人工光酶，在极具挑战的激发态反应手性调控领域取得了重大突破，为医药、材料等领域重要化学品的绿色生物制造提供了新的理论和技术。回想起艰辛的科研时光，她说："走好科研道路，取得科研突破，毅力和恒心是最重要的个人素质。"

同学们，自古英雄多磨难，每一场逆袭和突围都不容易。你们渡过了学习、科研上的种种难关，将来在工作和生活中还会遇到各种各样的难题，希望你们坚信"办法总比困难多"，在不断战胜困难中学习、求变、创新，跋山涉水不改一往无前，山高路远但见风光无限！

同学们，强国建设、民族复兴的宏伟目标令人鼓舞，催人奋进。"惟创新者进，惟创新者强，惟创新者胜。"我们身处科技赋能发展、创新决胜未来的时代，可谓生逢其时、责任重大。希望你们志存高远、脚踏实地，将个人梦想融入伟大实践，以革故鼎新激扬创新精神，在创新实践中不懈奋斗前行、不断超越自我，实现从优秀走向卓越的境界跃升，努力成就更好的自己！

"人生万事须自为，跬步江山即寥廓。"亲爱的同学们，华科大是你们成长的引领者、启航的守护者、逐梦的见证者。离别是新的开始，未来终会再见！无论何时，无论你们身处何方，母校永远是你们温暖的港湾！同学们，记得常回家看看！

谢谢大家！

（本文为作者在华中科技大学2023年毕业典礼上的讲话）

做堪当强国建设、民族复兴大任的时代新人

南开大学校长　陈雨露

各位老师、各位嘉宾，亲爱的2023届毕业生同学们：

大家好！

青春起航，骊歌未央，心怀炽热，奔赴山海。今天，我们隆重集会，在三年疫情之后，重启庄严的南开大学毕业典礼，为你们圆满完成学业、开启人生新航程喝彩壮行！在这里，我代表全校师生向立公增能、学有成就的毕业生同学们表示热烈祝贺！向一路指导陪伴你们健康成长的师长亲友们致以崇高敬意和衷心感谢！

过去几年，我们共同见证了建党一百周年、新中国成立70周年等重要历史节点，一同分享南开百年华诞、共襄盛举的荣耀时刻，一同经历抗击疫情这场"世纪大考"。你们在一件件大事、要事、难事面前识大体、顾大局、经风雨、长才干，在学术科研、实践服务、创新创业等方面取得了骄人成绩，成为令南开欣慰和骄傲的青年榜样、令祖国放心和期许的青春力量！

逐浪新时代，奋楫扬帆者，"永远年青"的南开人始终心怀赤诚、"公能"兼济。过去的几年，你们得南开精神滋养，获取扎实学识，涵育优秀品格。"中兴业，须人杰"，作为新时代的见证者、亲历者，更要做中国之未来、世界之未来的引领者、塑造者，把个人之"小我"融入祖国之"大我"、人民之"大我"，勇做堪当强国建设、民族复兴大任的时代新人。

在你们整装待发之际，我有三点期待与同学们共勉：

第一，擦亮爱国底色，做担当强国的时代新人。习近平总书记2019年来校视察时指出，"南开大学具有光荣的爱国主义传统，这是南开的魂"。翻开104年的南开校史，家国情怀与民族大义跃然其上，南开的历史就是一部与中华民族休戚与共的爱国奋斗史，其间饱含着襟怀天下的担当，荟萃了日新月异的思想。

1929年考入南开的郭永怀校友海外研学十六载，异域扬名，毅然放弃优渥条件，冲破重重阻挠，返回祖国、隐姓埋名投身"两弹一星"事业，在遭罹空难的生死关头，仍不忘将载有绝密数据的文件紧紧揽于怀中；2015年走进南开的年轻的阿斯哈尔·努尔太校友在习近平总书记回信勉励之下携笔从戎，在部队的大熔炉中淬炼成钢，毕业时坚定选择二次入伍、重返军营，在父辈奉献牺牲的新疆武警部队反恐一线守卫万千安宁。在今年的毕业生当中，有不少同学将奔赴基层和西部地区支教、就业，或投身国防科技和基础研究核心技术攻关，让青春在祖国和人民最需要的地方绚丽绽放。

只有汇入民族复兴伟业的大海，涓滴才能永不干涸；只有融入时代奔涌向前的江河，奋斗才能无限精彩。望你们牢记嘱托，将自己的人生置于祖国发展大势，以大公情怀与卓越智识，担负起强国建设、民族复兴的使命。

第二，勇立科技潮头，做引领开拓的时代新人。当前，我国处于大变革大调整大发展的时代，金融科技革命和产业革命方兴未艾，思想文化的交流与碰撞空前频繁，国际格局和世界秩序正在发生着前所未有的深刻变化。受此影响，我国发展进入战略机遇和风险挑战并存，不确定和难预料因素迭代增加的复杂时期，急需要在科技前沿塑造核心优势，在日益激烈的国际竞争中把握战略主动，捍卫人类文明。

回溯南开历史，新中国成立后，老校长杨石先积极响应"勇于承担国家任务"的号召，毅然从深耕几十年的药物化学研究方向，转入农药化学等国家急需领域，开创了新中国自主研制农药的先河。严开祺校友作为"奋斗者"号全海深载人潜水器结构系统的副主任设计师，为"奋斗者"号总装集成提供了核心技术支撑，其团队为我国绝大部分的万米集群潜水器提供了关键的国产化材料支撑，推动我国全海深探索能力跻身国际一流梯队。

越山向海，逐梦追光。诚望新时代的南开青年勇于在变局中开创新局，以"越是艰险越向前"的锐气，抢抓机遇、孜孜不倦、敢为人先，努力产出更多的创造性成果，以青春之我和奋斗之我为民族复兴和人类进步贡献力量！

第三，涵养品格修为，做坚毅笃行的时代新人。南开教育是把人格培养作为根本的教育。张伯苓校长讲，学生须有五种善行，即立志、敦品、勤勉、虚心、诚意。明天，你们将秉持这五种善行，告别母校，奔赴祖国四面八方。无论身在何方、从事何种行业、经历何种困难、面对何种挑战，都请务必保持南开滋养的那种精神、那身风骨、那份定力，坚信"成功不必在我，而功力必不唐捐"，以南开修为实现人生作为。

希望你们在历练中涵养品格、磨炼心性，不舍弃求甚解的欲望，不忘记少年时的理想，以时间为舟，以知识为帆，以奋斗为桨，抵抗懒惰平庸，抵达青春彼岸，以大视野大胸怀抒写进取的人生篇章。

"愿相会于中华腾飞世界时！"这是今天所有南开人矢志不渝的理想。望你们用实际行动践行作答，眼眸有星辰，心中有海山，在青春的赛道上奋力跑出最好成绩，在强国建设、民族复兴的征途中书写绚彩华章！同学们，祝愿你们鹏程万里！期待你们荣归南开！

谢谢大家！

（本文为作者在南开大学2023年毕业典礼上的讲话）

11

淬炼成长　成就未来

东南大学校长　黄如

亲爱的同学们、老师们、校友们、家长朋友们：

大家好！

初夏六月，草木葱茏，满目生机。今晚，我们欢聚在美丽的九龙湖畔，隆重举行东南大学2023届本科生、研究生毕业典礼，共同见证同学们人生路上最难忘的成长。幸福、快乐洋溢在你们脸上，也弥漫着整个会场，更是深深地感染、打动了我。

今天在座的毕业生，还有因疫情未能参加当年毕业典礼的往届毕业生代表共1265人，你们中有专程从美国、新加坡等地赶回的，也有刚下班赶来的。此次特别邀请你们重返母校，参加人生中最具纪念意义的仪式，希望一起体悟这份美好与感动，让你们的学习生涯不留遗憾。

首先我谨代表学校，代表左惟书记，向圆满完成学业并顺利毕业的同学们表示热烈的祝贺！向悉心指导你们的老师、辛勤养育你们的父母以及关心支持你们成长的学校员工和各界朋友，致以衷心的感谢和崇高的敬意！

岁月不居，时节如流。几年前，你们怀揣着梦想走进东南大学，在梅橘桃李、缤纷四季的"东南园"里，开启了人生中最美好的青春时光，园子里的一草一木，无不铭刻着你们青葱岁月的难忘记忆。

你们的青春时光无疑是极其幸运的。你们见证了党和国家快速发展的一个又一个重要历史时刻：新中国成立七十周年，我国全面建成小康社会，第一个百年奋斗目标顺利实现；北京冬奥会成功举办，展现了伟大祖国豪迈自信、开放蓬勃的大国气象；党的二十大胜利召开，开启了以中国式现代化全面推进中华民族伟大复兴的新征程……你们唱响"激情燃烧的岁月"音乐党课，同上"平凡·伟大·启航"思政大课，每一个重要时刻，你们都以不同的方式参与其中，深刻体会作为一名新时代中国青年的巨大荣耀，真切表达"请党放心，强国有我"的坚定信念与执着追求。

你们也亲历了东南大学与时代同频共振、努力走出中国特色世界一流大学建设新路的积极探索，分享了与百廿东大共庆华诞的"双甲"荣光。你们还参与践行了学校"课比天大、生为首位"的育人理念，体验着东大立德树人、以文化人的教育温度。同学们一步一个脚印，学海奋楫，从初识专业到屡创佳绩，从年少稚嫩到日益成熟，学有所成、术有所精，迎来了今日破茧成蝶、各美其美的"高光时刻"，我由衷地为你们感到骄傲和自豪！

昨晚，我们上演了一场温馨浪漫的"星空秀"，10787名毕业生的名字化作夜幕中一颗颗明亮的星，点亮了与母校共同成长的璀璨时光，也闪耀着对未来的美好期望。此时此刻，作为校长，我的心情与同学们一样，既充满着喜悦与憧憬，又有几分不舍与感伤。我们一直在努力，希望同学们在东大能拥有更加理想的学习生活体验，虽然还留有不少遗憾，但请同学们放心，即使你们毕业了，母校的关爱也会延续，我们将把"生为首位"

的责任与爱传递给每一位东大学子。

当前，新一轮科技革命和产业变革方兴未艾，科技发展日新月异。世界百年未有之大变局加速演进，不确定、难预料因素明显增多……作为新时代的青年，如何响应时代召唤，如何淬炼成长、成就未来，主动回答好"强国建设、青年何为"的时代答卷，是值得你们深入思考与探讨的人生课题。

今天是毕业最后一课，也是大家奔赴未来的最新出发。在此，我想给大家提三点希望作为临别赠言，与大家共勉。

一是希望你们涵养高远境界，永葆锐意进取的姿态。

境界体现了一个人的格局和追求，也往往决定了一个人的人生高度。"有境界则自成高格"，亦自有定力，自有韧性。

境界高远、格局宽广、理想远大的人，一定具有浓厚的家国情怀，具有明确的人生方向，具有极强的抗挫能力，也一定会因此而坚持不懈、持之以恒地奋力拼搏。

同学们，人生是一场长跑，各有各的目标抵达，各有各的奔跑方式，也将各有各的担当作为。广大青年应该在奋斗中释放青春激情、追逐青春理想，以青春之我、奋斗之我，为民族复兴铺路架桥，为祖国建设添砖加瓦。希望同学们珍惜青春年华，涵养高远境界，瞄准更长远的目标。人生的收获不仅看你得到了什么，更重要的是为国家、为民族、为社会创造了什么、奉献了什么。希望同学们自觉将个人"小我"融入国家"大我"，将个人"志向"对准国家"航向"，不被纷杂所干扰，不因挫折而退缩，初心不改、一路向前，让人生走得正、立得稳、行得远，让你们的青春奋斗化作强国建设、民族复兴主旋律中最动人的音符！

二是希望你们心怀热爱，永葆执着专注的状态。

热爱是打开事业大门的"钥匙"。但凡事业有成者，无不具有充满热爱、专注如一的秉性。电影《长空之王》里面有一句台词，"真正热爱的事会把不可能变为可能。"寥寥数语，字字真言，生动道出了"热爱"的本质与内涵。热爱可以激发出一个人的内生动力，因热爱必全情投入，因热爱必勇于创新，因热爱也必快乐幸福。只要充满热爱、执着专注，前方等待着的必定是无限的可能。

同学们也一定深有体会，自己最热爱的课程，往往是成绩最优异的。交通学院的博士生毕钰璋同学，常常把"泡"实验室当作一大乐趣，实验室几度通宵的灯光，印证了他对科研工作倾注的满腔热爱。他专注于污染气体去除项目研究，反复验证、不断探索，虽屡经失败，仍坚定执着，最终在气体运移测试技术上取得突破，为解决污染场地修复难题作出了积极贡献。

"心心在一艺，其艺必工；心心在一职，其职必举。"工作无所谓优劣高低，唯有爱与不爱。每一个岗位、每一份工作都有其独有的价值。将来不管你们进入哪个领域、从事何种工作，有发自内心的热爱便是幸福，便能耐得住寂寞、守得住孤独，以匠心铸精品，以跬步致千里，把平凡的工作做到极致，终能实现心中愿景。

三是希望你们乐观豁达，永葆包容平和的心态。

境界、热爱、心态是人生成长的三大关键因素。曾有一项向数百位不同领域的成功人士做的调查研究，请他们列出影响自己成长的一些主要因素。结果显示，"积极的心态"被绝大多数人列为最重要的因素，占比高达80%。

心态其实也是一种力量，英国作家狄更斯曾说："情绪心态的稳定，比一百种智慧更有力量。"人生的路有时上坡，有时下坡，峰峦叠嶂，不会只是一马平川、一苇可航。告别"象牙塔"的宁静安稳，迎面而来会有各种压力、挫折，希望同学们不断提升耐挫力与钝感力，以辩证思维看待人生得失，从容淡定，宠辱不惊，顺境时不轻狂自负，逆境时不妄自菲薄、轻言放弃。期待若干年后的你们仍然一如今天的意气风发、踌躇满志！

"人生万事须自为，跬步江山即寥廓。"同学们，愿你们带着母校教给你们的能力与本领，带着母校赋予你们的情怀与担当，也带着母校对你们的牵挂与嘱托，成为在各行各业、在祖国各地、在世界各地闪耀的一张张"东大名片"。希望到21世纪中叶，也是你们50岁左右之时，在国家实现第二个百年奋斗目标的光荣册上，能找到你们的名字，那是你们不负韶华、不负使命的人生答卷，也是你们向祖国、向人民、向母校做出的最精彩的汇报！

最后，衷心祝愿全体毕业生前程似锦、事业有成、生活幸福！谢谢大家！

（本文为作者在东南大学2023年毕业典礼上的讲话）

12

持之以恒　追求卓越

吉林大学校长　张希

同学们，老师们，大家上午好！

首先，我代表学校，代表校党委姜治莹书记，向全体2023届毕业生表示热烈祝贺！向为你们成长进步付出辛勤劳动的全校教职员工表示衷心的感谢！同时，热烈欢迎因受疫情影响未能参加当年毕业典礼的往届毕业生校友们返校参加学位授予仪式！

在座的各位同学，许多是我回到母校担任校长迎来的第一批学生。四年前的开学典礼上，我以"适应转变，励志笃行"为题，与大家分享了如何度过大学时光的一些建议。我很好奇，经过四年的学习与成长，大家发生了怎样的转变？曾经的你是否为今天的自己感到自豪？今天的你是否依然怀揣着当初入学时的梦想？

最近，我经常在鼎新楼广场和清湖畔遇到即将毕业的同学们，大家合影留念，定格美好的回忆。在与同学们的交流中，我感到大家比来时更加自信、独立，更加善于交流。同学们确实没有虚度大学时光，在这四年间，大家理解了合作的价值，懂得了选择的重要性，学会了面对和适应压力，完成了修身励学的阶段性目标。同学们即将进入新的人生阶段，我希望，你们能够持之以恒地修身励学，矢志不渝地追求卓越。

如何追求卓越？首先是要把具体的事认真做好。古人云：不积跬步，无以至千里；不积小流，无以成江海。无论多么伟大的事业都始于一件件具体的小事。这不仅是一个人的成长规律，也是事物的发展规律。因此，至关重要的是养成做好每一件事的习惯。量变是质变的基础，习惯是卓越的前提。古希腊哲学家亚里士多德说：每天反复做的事造就了我们，然后你会发现，卓越不是一种行为，而是一种习惯。吉林大学的教育让同学们养成了实事求是的习惯，养成了开拓创新的习惯，养成了自律自强的习惯……这些习惯既是卓越的一部分，也会孕育更多、更大的卓越。养成一项好的习惯，最初需要很大的努力和毅力，但由于习惯具有惯性，一经养成，后续的长期坚持就不像开始那样艰难了。我希望同学们既志存高远，又脚踏实地，从一件件小事中养成良好的习惯，迈出走向卓越的第一步。

许多领域的大先生，都会在良好的习惯中不断充实自己，最终成就卓越。著名古文字学家于省吾先生常以"学到老，学不了"自勉，毕生致力于著书立说和教书育人的事业。早在1955年，于先生来到吉林大学任教时，已经是全国知名的学者，但他依然坚持严格要求自己。于先生生于清末，对文言文更加熟悉，年轻时便以能写桐城派古文知名，但他与时俱进，六十岁后改用白话文进行写作，养成了一项新的习惯。每次读到报刊上的好句子，他就立刻摘录下来，有时甚至会信手抄写在废信封的背面，集成笔记，学习白话文句法。这样的写作习惯几十年如一日，学术上的沉淀积累之功更是如此。于先生治学一丝不苟，笔耕不辍，取得了极为丰硕的成果。他在1979年出版的《甲骨文字释林》一书中，共考释了前人未识或不知其本义的甲骨文约300字，占到了全部已知甲骨文字的近四分之一。真可谓持之以恒，方得始终。

聚沙成塔，集腋成裘，坚持做一件事，不只是成功之道，还可以创造别样的美好。苏轼曾写过一句诗，"坐令空山出锦绣，倚天照海花无数"，浪漫地描绘了这样一个故事场景——好友石曼卿在海州为官时，发现县衙对面有一座光秃秃的山岭，道路不通，人迹罕至，于是他突发奇想，叫人用黄泥裹着桃核做成弹丸，闲暇时便一颗颗投向山岭，几年下来，一座荒山竟然变成了一处秀美的景致：漫山遍野的鲜花灿若烟霞，似锦如画。

追求卓越需要良好的心态。同学们在离开校园后要面对的事情，并不总是按部就班的，可能是复杂度很高、周期很长的工作任务，也可能是在个人生活中，短期内看不到明显成效的自我提升计划，比如早睡早起，比如体重控制。我们不得不承认：不是每一次努力都一定成功，也不是所有的坚持都能如愿抵达终点。频繁的挫败感和遥遥无期的目标，会消磨我们的耐心，消耗持之以恒的动力。然而，胡适先生曾说："怕什么真理无穷，进一寸有一寸的欢喜。"假如我们抱着收获的心态，而非失去的心态，多关注自己前进了多远，而非距离终点还有多远，可能会更有成就感，更加安心和笃定。一时一地的得失或许重要，世俗意义的成功固然诱人，但在人生旅途上不断翻山越岭，披荆斩棘，成长蜕变，如此人间百味足慰平生！

追求卓越并非孤立的个体行为，常常需要合作与共赢。当今时代，无论是原创的基础研究，还是复杂的大型工程，很少再由一个人独立完成，跨学科的交流与合作必不可少。例如，国家自然科学基金委的创新研究群体项目、基础科学中心等都是由多个研究团队共同围绕一个重要研究方向开展创新研究；不久前成功发射的神舟十六号飞船，航天员队伍也需要补充航天驾驶员、航天飞行工程师、载荷专家等不同背景和领域的人才，协力完成更具挑战的空间任务。所以，如何开展有效的团队合作，是同学们追求卓越路上必须掌握的技能。我们要了解自己的长处，也要懂得个人的局限，始终保持谦逊而踏实的品性。相比现代科技的日新月异，大学的习得相当有限，保持终身学习的心态与能力至关重要。我们要善于从身边的人和事中学习，积极与他人分享和交流经验，不断吸收新的思想和方法。我们需要包容不同的观点和意见，通过协作与合作，发挥团队的力量，共同攀登卓越的高峰。

习近平总书记在党的二十大报告中指出：当代中国青年生逢其时，施展才干的舞台无比广阔，实现梦想的前景无比光明。我希望同学们始终怀揣梦想、脚踏实地，持之以恒地追求卓越，让青春在建设中国式现代化的事业中绽放，为社会、为国家、为人类作出贡献！

（本文为作者在吉林大学 2023 年毕业典礼上的讲话）

13

奋进有为　不负青春

北京航空航天大学校长　王云鹏

亲爱的同学们，尊敬的老师们、校友们、来宾们：

大家上午好！

今天，是一个值得大家铭记的日子，我们在这里隆重举行2023年学生毕业典礼暨学位授予仪式。首先，我代表赵长禄书记和全体师生员工，向圆满完成学业的3725名本科毕业生和2605名硕士、博士毕业生，以及始终关心你们、支持你们的家长们表示热烈的祝贺！

"当代中国青年生逢其时，施展才干的舞台无比广阔，实现梦想的前景无比光明。"在座的各位同学，在北航学习的这些年对你们来说注定是不平凡的。

与国同行，你们何其有幸。在祖国的心脏亲历中华人民共和国成立70周年庆典的你们，感悟时代脉搏、汲取前行力量，坚定了新时代中国青年的自信与担当；参与了建党百年庆祝活动的你们，领命出征、数月苦练，换来了天安门广场上"请党放心，强国有我"的铿锵誓言；志愿奉献北京冬奥的你们，不惧风霜雪、鏖战海坨山，绽放出朵朵燃烧的"小雪花"；见证了70周年校庆的你们，以主人翁的意识、以最高涨的热情，展现了北航学子的昂扬姿态。你们也是很不容易的一届学生，入学不久就经历了疫情的考验，大家守望相助、共克时艰，让纯澈的爱在校园里温暖传递。

不负韶华，你们逐梦敢为。刚刚发言的秦炳超同学，用7年时间成功研发了全球首例基于宽带隙材料的热电制冷器件，有力支撑了电子通信的精确温控。交通学院的王立坤同学，瞄准智慧交通、智慧文旅等领域，利用所学专业自主创业，成果已成功应用于新疆、云南等地景区的交通管理系统。还有王骥勤、李沛杉等14位同学，与所在的"冯如三号"团队其他成员一道，战狂风、斗酷暑，历经无数次失败，用汗水和泪水共同浇筑了新的世界纪录。还有国际学院的森迪同学，这位来自赤道几内亚的小伙，不仅刷新了北航留学生本科阶段最高学分纪录，更用不到两年的时间提前完成硕士学业，并即将在北航继续攻读博士学位。在校期间，你们用智慧与汗水书写了一份令人满意的青春答卷。在此我提议，让我们一起鼓掌，向自己表示祝贺！

同学们，毕业季也是老师们收获的季节，作为老师，最幸福的事情，莫过于得天下英才而育之。刚刚发言的林贵平教授，扎根教学一线三十载，坚持"讲好每一堂课、关爱每一名学生"，培养的学生遍布航空航天领域，是学生眼中春风化雨、诲人不倦的良师益友。软件学院的宋友教授，将人生哲理巧妙融入"C语言程序设计"，被学生称为"全校抢前排座位最激烈的课程"。还有一大批以物理学院王金良教授为代表的优秀老师，在疫情最严峻的时候，面对空无一人的教室仍激情不减、精心授课，将最好的课堂通过云端呈现给学生。有这么多传道授业解惑的好老师，是你们的幸运，也是学校的光荣！在这里我也提议，让我们一起向辛勤培育你们的老师们表示衷心的感谢！

奋斗是青春最亮丽的底色。同学们，时代的接力棒已交到你们手中，第二个一百年的宏伟目标将由你们去实现，站在新的起点上，唯有奋进有为，方能不负青春。临别之际，作为你们的师长，我有几句话与你们共勉。

第一，爱党报国、志存高远，在民族复兴的时代大潮中奋楫笃行。人生的理想各有不同，但立志服务祖国和人民的需要无疑是最为高远，也是最为神圣的理想。你们的师兄桂海潮老师，此时正在距离地面400公里外的"天宫"上，执行空间科学实验载荷的在轨操作，那个"6岁时躺在山坡放牛牧星的孩子，36岁时真的去天上摘星星了"。还有刚刚发言的张熇校友，初中时因为一本《航天》杂志激发了她探索浩瀚宇宙的梦想，毕业后毅然投身航天事业，她设计的嫦娥四号探测器，在世界上首次实现月球背面软着陆和巡视勘察，填补了人类研究太空的空白。他们身上，彰显了北航人深厚的空天理想和家国情怀。同学们，希望你们传承以"空天报国"为内核的北航精神，立大志、立鸿鹄志，主动把自己的小我融入祖国的大我、人民的大我之中，在助力国家富强、民族复兴的伟大事业中更好地实现人生价值、升华人生境界。

第二，敢为人先、矢志创新，在成就不凡的精彩事业中追求卓越。拥有一大批创新型青年人才是国家创新活力之所在，也是科技发展希望之所在。七十年的滋养，北航人早已将创新基因融入血脉、代代相传，孕育了三代人的"长鹰志""中国心""陀螺梦""电磁魂"，祖国空天遍布着北航人的创新成果，神州大地写满了北航人的创新故事。同学们，你们就要离开校园，今后不论是在工作岗位上发光发热、独当一面，还是选择进一步深造、继续与书本和实验室为伴，希望你们永葆北航人敢为人先的锐气、上下求索的执着，挑大梁、担重任，让青春在服务国防、奉献祖国的事业中发出夺目光彩。

第三，崇德修身、向上向善，在先进文化的深厚滋养中增长智慧。"人无德不立"，高尚的道德情操和良好的品格修为是我们为人处世的前提，德行操守不过关，即便学问再高、本事再大也难担大任。同学们都知道我们北航"德才兼备、知行合一"的校训，先贤们早在创校之初就告诉我们，为人为学，以德为先。陆士嘉、高镇同等这些北航人耳熟能详的名字，也早已向我们诠释了，一个崇高的人、受人尊敬的人，不仅学问做得好，更是崇德修身的楷模。希望同学们把立德作为人生的必修课，明大德、守公德、严私德，坚守诚信、明辨是非、心存感恩、修身自律，不断追求止于至善的大境界，恪守心中真善美的精神家园，以实际行动向社会播撒更多美好与正能量。

第四，自信坚韧、百折不挠，在充满挑战的人生道路上一往无前。刀要在石上磨，人要在事上练，成功只属于积极进取、不懈追求的人们。北航航空发动机专家刘大响院士，为建造我国首套航空发动机高空模拟试车台，面对一没经费、二没人才的不利条件，长年扎根川西北深山，以"不搞出高空台，就死在松花岭，埋在观雾山"的坚定决心和不屈意志，最终不辱使命，研制出了中国人自己的"争气台"。同学们，漫漫旅途往往荆棘丛生、充满坎坷，栉风沐雨方能遇见彩虹，希望你们在逆境中坚持、在挫折中成长，永不气馁、永不放弃，以乐观向上的精神状态，征服前行路上的每一座险峰。

同学们，从今天起，你们的身份将从学生转变成校友，前行路上，愿你们牢记"空天报国"使命，一路沐光、一路成长，以青春之我，担时代之任，行未有之事，建非常之功，在实现中国式现代化的伟大征程中，跑出当代青年的最好成绩！不论你们身在何处、走得多远、飞得多高，母校永远是你们的坚强后盾和精神家园。

最后，祝同学们毕业快乐、前程似锦、梦想成真！

谢谢大家！

（本文为作者在北京航空航天大学2023年毕业典礼上的讲话）

14

心怀家国　勇毅前行　做新时代幸福大工人

大连理工大学校长　贾振元

亲爱的同学们，各位老师、家长们：

大家上午好！

今天，我们在这里隆重举行大连理工大学2023年毕业典礼，共同见证6287名本科生和5207名研究生圆满完成学业！在此，我谨代表学校，向全体毕业生同学们表示最热烈的祝贺！向悉心培育你们的老师表示最崇高的敬意！向对学校工作给予大力支持的家长和社会各界朋友们表示最衷心的感谢！

这几天，校园格外热闹。学校以精彩纷呈的活动，送别又一届学子。此时此刻，第一次以校长的身份在毕业典礼上致辞，看到台下这么多毕业生即将奔赴广阔天地，我的"幸福值"瞬间被拉满。大工最大的价值、最高的成就就是把你们培养成国家所需的优秀人才。这几年，学校始终以你们的成长为中心，以"卓越大工、魅力大工、幸福大工"引领学校加速跑；入选第二轮"双一流"建设，用更卓越的办学实力赋能你们求知问真；办好文化节、运动会，丰富你们的精神生活；改造住宿条件、提高餐饮质量，优化你们的成长环境……所有的一切都是为了成就今天的你们。

我相信，今天的你们一定不后悔当初所选。离校前到南门再拍一张"连理"照、到食堂再吃一顿饭、到教室再开一次班会……这些，既是对青春岁月的不舍告别，更饱含了你们对母校的深情厚谊。在大工校园发生的点点滴滴，一定会在以后的人生岁月中被反复提及；融入血脉中的大工精神，将铭刻在你们今后的事业之中！

我相信，今天的你们，一定没有辜负大工时光。在"互联网+""挑战杯"等科技竞赛中，在运动会、峰岚杯等文体舞台上，在生产实习、社会实践等第二课堂中，总能看到你们青春自信的面孔，总能听到捷报传来。坐在台下的你们，几年拼搏终成自己喜欢的模样。此时此刻，让我们用最响亮的掌声，向你们致敬、向青春致敬！

我还相信，今天的你们，一定意气风发、踌躇满志。一代代大工学子就是从这里出发，到广阔的世界中去追求梦想、追求事业，在服务党和国家的事业中成就自身的幸福。今天，时间的拨盘来到了你们这一届毕业生面前。我相信，你们跟我一样，此时此刻也是幸福的：你们为青春岁月写下了注脚，踏上了逐梦未来、逐梦幸福的人生新旅程！

同学们，这几年，我们共同见证和庆祝建党百年、第一个百年奋斗目标的实现、党的二十大胜利召开等重大历史时刻，深刻感受到了伟大祖国的日益强盛，也树立了自豪感、自信心。迈向中国式现代化新征程，我们还要经历更重要的历史时刻，今后的你们不仅是强国建设的见证者，更是年富力强的贡献者。大工培养的学生从来不只是为了自己丰衣足食，而是要担当社会责任、服务国家、造福人类。面向未来，我希望你们传承大工精神传统，肩扛时代重任、做幸福大工人。

临别之际，我提三点期望，与大家共勉：

一、幸福源自事业，希望你们心怀家国、志存天下。

今天，在中华大地上正在开展一场史无前例的实践创造，建设中国式现代化，创造人类文明新形态。这一事业、这一文明，属于中国，也属于世界。青年历来是国家的栋梁、民族的希望。向这一伟业进军，你们不仅是"剧中人"，更要当"剧作者"，为之奋斗、为之付出、为之奉献。在为国家、为民族、为世界的奉献中，收获成就感，找到价值感，这样的幸福是最大的幸福，国家会铭记、人民会铭记、历史会铭记。

大工人骨子里就有心系家国的精神基因，在国家和民族所需之处、急需之时，总能看见大工人挺身而出。你们的学长，中国载人航天工程总设计师、校友周建平院士今年荣获"钱学森最高成就奖"，"嫦娥奔月"、中国空间站建造等国家为之骄傲的重大成就都凝聚着他的贡献。刚走出校门的他和今天的你们一样，富有朝气，但他选择在国家航天领域耕耘了30年、贡献了30年。今天，在座的很多同学做出同周建平校友同样的选择。你们中的闫萌、魏成雄等同学入职陆军部队，耿立国等511名同学选择军工企业，立志服务国家重大战略和国防建设；你们中的赵常忠同学本硕博在大工求学11年，矢志投身双碳事业，加入怀柔实验室，为国家能源安全、环境治理接续奋斗；你们中的宋玉帅同学入职外交部，将在服务大国外交中贡献青春力量；你们中的罗布拉姆同学选择回到家乡西藏，扎根一线，用所学振兴西部。这就是大工人的精神传承，一代代大工人将个人的前途同国家命运、人类发展紧密结合，成就了伟大的事业，也成就了幸福的人生。

同学们，站在纵深的历史长河来看，今天我们所走的每一步都在创造新的历史。身在其中，何其有幸；贡献其中，何其幸福。希望你们"胸中有丘壑、眼里存山河"，将"小我"融入"大我"，成为贡献伟业、创造伟业的人。我相信，你们获得的幸福将被放大千千万万倍；期待多年之后，你们的名字都能镌刻在强国建设的功劳簿上。

二、幸福成于奋斗，希望你们脚踏实地、履践致远。

距离2035年基本实现现代化的目标仅有12年的时间，今天的中国到处都活跃着为祖国献身、为幸福生活奋斗的身影，你们今后投身的就是这样的时代洪流。未来之中国、个人之幸福取决于你们的奋斗担当，取决于你们脚踏实地的付出。大工人不要当坐享其成的幻想者，要做起而行之的奋斗者。将来你们的生活条件一定会越来越好，但为事业、为幸福而奋斗的精神一点都不能少。

奋勇争先、踏实肯干，是大工人最朴实的品格。2019年，我国自行设计建造的首艘国产航母山东舰入列海军。这一"国之重器"建造要求之高、之严，必须做到万无一失。1988届校友马瑞云作为山东舰总建造师，所负责的船体建造工作是一个巨大的系统工程，诸多领域的攻关是从零起步，6年间每周下发生产计划指令达2000多项，完成超过20艘超大型油轮的科研量、工程量，实现焊接质量、建造精度全面超过辽宁舰，为航母国产化作出了突出贡献。挑大梁、担重任、作贡献，这是大工人的器宇与担当。

当然，大工也不缺乏在平凡岗位上默默耕耘的人。2012届校友尹红玉在新疆生产建设兵团社会保险事业管理局当柜员，将每天重复性的业务做到极致，一干就是7年，成为全国人社窗口业务标兵，荣获全国"人民满意的公务员"荣誉称号。既能在"国之大者"战略领域中增光添彩，也能在平凡岗位书写不凡华章，大工人从不辜负事业，奋斗也从不辜负大工人。

同学们，青春理想、青春活力、青春奋斗，是生命力所在，是希望所在。希望你们把青春的理想、事业的追求转化为奋斗的行动,苦练本领、"自找苦吃",永远做那个在关键时刻冲出来说"我能行"的大工人,永远做那个在需要之时顶得上去"能成事"的大工人,让奋斗、担当成为幸福人生的砥砺石、动力源。

三、幸福贵在坚韧,希望你们风雨无惧、勇毅前行。

你们的未来,不仅与强国建设、民族复兴同步,也与世界百年变局关联。世界的不确定性,带来的不仅是中国式现代化事业的不平坦,同样也会为你们的人生带来风雨。特别是当大家走出校园后,会遭遇生活的压力、工作的焦虑,但一帆风顺从来都不是事业常态、人生常态,我们总是在应对一个又一个挑战中突破发展极限、成长极限。大工人不要做温室里的花朵,而是要做历经苦寒仍绽放的梅花,不为困难却步、不向挫折低头、不因失败颓废。也恰恰是在经历风雨之后,才能收获新生、收获璀璨。

大工人始终有不畏艰难险阻的精神。大家都知道,风洞被称作"飞行器的摇篮",神舟飞船、东风导弹、高性能战机等都要在风洞中经受考验。20世纪50—60年代电力极度短缺,我校首届校友俞鸿儒院士突破外在资源制约,选择氢氧燃烧驱动方式建设风洞,但这项实验极易发生爆炸。炸掉了房子重新盖、炸掉了设备重新造,没有国外经验可参照,在一次次失败中反复校正,俞鸿儒最终摸索出一条中国风洞建设的道路,为我国风洞建设和航空航天事业作出了卓越贡献。细数过往,凡有"大成"的人,都经历一番"寒彻骨"。

同学们,你们这一届毕业生对坚韧有着深刻的体会,不怕艰难、不服输的姿态让你们战胜了成长路上的"娄山关""腊子口"。希望你们带着铭刻在骨子里的坚韧不拔,以无惧挑战的决心、永不服输的斗志,去圆梦、去成事、去贡献、去追求自己的幸福。

同学们，见证历史、推动历史、创造历史，新时代的大工人内心蕴藏着为中国式现代化奋斗的志气、骨气、底气！乘时代大势，向幸福出发！母校与你们永远一路同行，祝你们前程似锦、一生幸福！

（本文为作者在大连理工大学 2023 年毕业典礼上的讲话）

15

以青春之光，点亮奋进之路

中央民族大学校长　郭广生

亲爱的同学们、老师们、家长朋友们：

大家上午好！

今日夏至，我们在盛夏的起点上、在最长的白昼里，与美好不期而遇，向阳而立，无限生机，挥别过去，欣然向前，正如你们用过去的两年、三年、四年共同谱写着盛夏里毕业的华章和新征程的序曲。今天，我们欢聚一堂，隆重举行中央民族大学2023年毕业典礼暨学位授予仪式。首先，请允许我代表京泽书记，代表全校两万多名师生员工，向圆满完成学业的3085名本科生、2315名硕士研究生、184名博士研究生表示热烈祝贺和美好祝愿！向一路陪伴你们成长、默默奉献的父母和师长们表示崇高敬意和衷心感谢！

同学们，历史发展是一个时代接替一个时代、一代人接替一代人的过程，每个时代都有每个时代的主题，每个时代的人们都有每个时代的使命。今天，作为中央民族大学的毕业生，你们交上了圆满的答卷。作为校长，我为你们比心！为你们点赞！

你们与困难磨砺正面交锋。2020年年初，突如其来的疫情，让你们的校园生活节奏跌宕起伏，在居家、返校模式之间调整。你们中很多人成了校园历史上第一批"云课堂""云面试""云复试""云班会""云开题""云答辩""云签约"的学子，云端的会面隔不断你们师生之间的温情，阻不了你们对学校的向往，挡不住你们停课不停学的坚守。你们当中有很多人自告奋勇，争当志愿者，义无反顾投身社区抗疫、学术抗疫、心理抗疫的第一线，展现了民大学子的坚韧顽强和"世上没有从天而降的英雄，只有挺身而出的凡人"的豪迈气魄！你们面对困难勇敢无私的样子真的很"美"，学校向你们致敬！

你们与国家进步同向同行。在民大求学的时光里，你们亲历了共和国70年华诞的光荣与梦想；感受了建党百年的伟大成就和磅礴气势；聆听了党的二十大吹响的全面建设社会主义现代化国家、全面推进中华民族伟大复兴的号角。当你们在建党百年庆祝大会的天安门广场高声喊出"请党放心，强国有我"的铮铮誓言，当你们在北京冬奥会的开幕式上将鲜艳的五星红旗手把手传递，当你们把《家园》从大礼堂一路带到了总台央视春晚的亿万观众面前，当你们奔走在田野和山间，用自己的知识和技能助力乡村振兴，当你们在挑战杯、创青春、"互联网+"等赛事的红色赛道上，把中国传统文化和红色基因的内涵与现代技术相结合，创造出有活力的项目……你们用一次次的实际行动向世界充分展现了"休戚与共、荣辱与共、生死与共、命运与共"的中华民族共同体理念，生动诠释了新时代中国青年爱党爱国爱社会主义的昂扬精神风貌。你们爱国如家、赤心报国的行动真的很"飒"，学校为你们骄傲！

你们与学校发展同频共振。回望这几年，民大也在和你们一同奋进。

我们坚守延安精神、传承红色基因，"中央民族学院开学"被光荣写入党的百年大事记并入选"不忘初心、牢记使命"中国共产党历史展览，隆重举办建校70周年系列庆祝活动，为新时代推动学校事业高质量发展集聚新动能。我们集众智、聚众力，圆满完成了首轮"双一流"建设任务，并顺利入选新一轮"双一流"建设高校；我们攻坚克难，历经18年奋战，凝聚几代民大人心血的丰台校区，终由蓝图变为现实，建设在海南陵水黎安国际教育创新试验区的中央民族大学海南国际学院即将于今年秋季学期正式招生办学，"一校三址"的办学格局初步形成；我们主动作为，以铸牢中华民族共同体意识为主线，加强和改进学校人才培养、科学研究、学科建设、文化传承创新等各项工作，形成了一系列标志性、示范性的成果、项目和平台，学校成功入选中央统战部等四部委首批铸牢中华民族共同体意识研究基地，而且在第一期的评审中荣获第一名，学校第五轮学科评估取得历史突破。我们有幸成为学校发展的见证者、参与者和奉献者，学校的每一次发展进步都是身为民大人的你我共同完成的。你们和民大一起向前奔跑的姿态真的很"酷"，学校为你们比心！

你们以踔厉奋发绘就青春画卷。回望这几年，在这段充满挑战和不确定性的求学时光里，你们不畏艰辛、迎难而上，用辛劳的汗水书写青春的答卷，收获了丰硕的成果：你们当中，有发表多篇高水平论文的科研之星，有学习和社会实践全面发展的国奖获得者，有在国内外创新创业大赛上折桂的佼佼者，有毅然选择赴西部地区和基层一线就业的奋斗者……你们在全国大学生计算机应用能力与信息素养大赛、全国"田家炳杯"全日制教育硕士专业学位研究生教学技能大赛、中国大学生排球联赛、首都"挑战杯"大学生课外学术科技作品竞赛、北京市大学生模拟法庭竞赛等各类国家级、省部级竞赛中屡获佳绩，308人被录取为中央和地方选调生，入选比例居于"双一流"高校前列，851人顺利考取硕士、博士研究生，66篇硕士学位论文和8篇博士学位论文荣获优秀学位论文。这些成绩的取得，源于你们在日复一日的拼搏奋斗中对梦想的坚守。每条路都在你们的脚下，每个人都有自己的精彩。你们奋勇争先、追求卓越的气质真的很"牛"，学校为你们点赞！

亲爱的同学们，千言万语道不尽学校对你们"爱爱爱不完"的心情，你们留下的民大声音、民大瞬间、民大故事，我们会倍加珍藏。你们通过奋斗，披荆斩棘，取得了喜人成绩，你们还要继续奋斗，勇往直前，创造更加美好的明天！你们即将挥手告别、开启崭新的人生篇章之际，校长还有几句嘱托送给即将远行的你们，与你们共勉。

要把爱我中华的种子植入心灵深处。习近平总书记寄语广大青年要厚植家国情怀。爱国，是一个人立德之源、立功之本；爱国主义，是我们中华民族大家庭的精神核心和血缘纽带。对我们每一个中国人来说，爱国是我们的本能和职责。人的功业有大小，成就有高低，凡是爱国者定被后人所敬重。正是无数平凡英雄的爱国情怀、爱国斗志，汇聚成了新时代中国昂扬奋进的洪流。作为新时代的中国青年，更要胸怀忧国忧民之心、爱国爱民之情，只有当青春同国家发展同频共振时，青春的光谱才会更加宽广，青春的能量才能充分迸发；更要继承发扬与国家同呼吸、共命运的爱国主义精神，把青春奋斗融入党和人民事业，以奋发有为的姿态，成为推进中国式现代化发展的磅礴力量，让爱国主义的常青树结出个人成功的硕果。

同学们，今后无论身处何种岗位、从事哪种职业，你们都要心怀爱国之情、砥砺强国之志、实践报国之行，让爱国主义精神代代相传、发扬光大，为中华民族伟大复兴添砖加瓦、增光添彩！

要做铸牢中华民族共同体意识的践行者。习近平总书记强调，要铸牢中华民族共同体意识，民族团结是我国各族人民的生命线，中华民族共同体意识是民族团结之本。只有铸牢中华民族共同体意识，各民族共同维护好祖国统一和民族团结、守护好国家安全和社会稳定，才能实现好、维护好、发展好各族人民的根本利益。铸牢中华民族共同体意识，是新时代党的民族工作的鲜明主线，是民族高等教育肩负的重要历史使命，也是学校推进"双一流"建设的重大历史机遇。中央民大是一所汇聚着56个民族师生的大学，有着交往交流交融的优秀传统，展现了新时代各族青年手足相亲、团结奋斗的精神面貌。已向国家培养输送了20余万名优秀人才，为民族团结进步事业和民族地区经济社会发展作出了重要贡献，铸牢中华民族共同体意识已经成为新时代学校建设世界一流大学的鲜亮底色。

同学们，作为民大学子，你们要成为铸牢中华民族共同体意识的传播者、践行者和先行者，发扬"美美与共、知行合一"的校训精神，在中华大地上生根发芽、茁壮成长，成为新时代民族团结进步事业的栋梁之材！

要学会在"自找苦吃"中收获"甘甜"。习近平总书记指出，新时代中国青年应该有"自找苦吃"的精气神。在新的征程上，广大青年要弘扬永久奋斗的优良传统，发扬吃苦耐劳、自力更生、艰苦奋斗的精神，摒弃骄娇二气，克服一切不思进取、耽于安逸、躺平的消极思想，以敢于超越前人、敢于引领时代、敢于创造世界奇迹的豪迈，在实现民族复兴的赛道上奋勇争先，用实际行动续写中国青年运动的奋斗华章。从喊出"清澈的爱，只为中国"铮铮誓言的19岁戍边战士陈祥榕，到初试锋芒、为国争光的奥运小将全红婵，再到疫情期间"守护了花好月圆人团圆"的"00后"医专学生志愿者们；从平均年龄36岁的北斗卫星团队核心人员，到平均年龄35岁的量子科学团队，再到平均年龄30岁的中国天眼FAST研发团队……我们看到了新时代中国青年将蓬勃青春与家国情怀相连、把人生价值同民族命运相连，不怕吃苦、乐于吃苦，用朝气与汗水谱写出了新时代青年的壮丽篇章。

同学们，追梦路上，从来没有轻松抵达的彼岸，也没有唾手可得的果实，幸福是奋斗出来的。你们要经得住青年时期的摔打、挫折、考验，要在"自找苦吃"的过程中迎难而上、求实求新，必将收获成功，收获喜悦，收获甘甜！

要学会扬互利共赢之帆、把团结合作之舵。习近平总书记强调合作才能办成大事、办成好事、办成长久之事，当前人类社会面临前所未有的共同挑战，加强团结协作是唯一出路。在复杂而多元的现代社会里，通过共同努力和互相支持，才能实现双赢和多赢。每个人都有自己独特的思维方式、价值观念和生活经历，需要从这些差异中寻找共同点，发掘各自的优势，形成互补，才能更好地达成目标。例如，面对chatGPT对人类的自主决策能力和工作岗位的挑战，我们该如何应对？我想，特别重要的一点是加强跨学科合作，整合各方面的资源，更好地理解和应对技术升级带来的变革与冲击，加强国际合作，分享经验和资源，共同制定标准和规范，推进人工智能的健康发展。尽管国际形势风云变幻，但开放发展的历史大势不会变，携手合作、共迎挑战的愿望也不会变。

同学们，成功属于那些懂得吸收前人经验、善于借鉴他人优点，并且能够与他人合作，共同实现目标的人。希望走出校园以后，你们坚持做敢于合作、乐于合作、善于合作的人，收获团结协作带来的团队化干事创业的爆表能量！

亲爱的同学们，"无论过去、现在还是未来，中国青年始终是实现中华民族伟大复兴的先锋力量"！生逢盛世，乃我们之幸；于盛世中奋斗，乃我们之责。你们是学校的骄傲，是新时代的中国青年。未来属于你们，希望寄予你们！从此刻开始，请带上盛夏的热情和勇气去开启下一站的旅程、继续抒写你们精彩的人生吧！

母校坚信，你们一定能行！母校祝愿，你们前程似锦，皆得所愿！请你们记住：无论走多远、离开多久，中关村南大街27号和魏各庄路27号永远都是你们精神的港湾、共有的家园。记得带上你们的家人、朋友，常"回家"看看！

亲爱的同学们，毕业快乐，期待再会。

谢谢大家！

（本文为作者在中央民族大学2023年毕业典礼上的讲话）

16

做自己人生故事里的主角

北京师范大学珠海分校校长　王守军

亲爱的同学们，尊敬的各位老师、各位来宾、各位朋友：

大家上午好！

今天我们在这里隆重举行2023届毕业典礼，共同见证3138名毕业生顺利完成学业，迈向新的人生征程。我代表全体教职员工，向你们表示最热烈的祝贺。向为你们辛勤付出的父母师长、陪伴你们的朋友同窗表示衷心的感谢！

凤凰山高，京师情长。四年的求学时光，是人生的珍贵记忆。四年来，我们共同见证了珠海分校迎来建校二十周年，人才培养质量稳步提升，社会服务能力不断增强，校园环境持续优化。这四年来，我们也经历了很多挑战，珠海园区发展任务艰巨繁重，疫情反复，在这个充满挑战和机遇的时代，你们坚毅果敢、勇挑重任，与母校、与国家共克时艰，以迎难而上的勇气、担当实干的韧劲，交出了精彩的毕业答卷，抒写了属于你们的青春故事。

在这个故事里，有着勤勉刻苦的沉淀。你们在课堂上精进本领，在实验室里探索奥秘，在社团活动中展现风采，在社会实践中开拓视野，立身轩、励教楼、图书馆、励耘楼……都留下了你们孜孜求索的身影，你们不仅受到了严格的学术训练、得到了知识的滋养，更获得了人格的淬炼和全面成长。这期间，你们获得了全国大学生数学建模竞赛、全国大学生广告艺术设计大赛、全国大学生英语竞赛、"挑战杯"全国大学生科技作品竞赛等各类奖项。毕业后，你们中有人将进入北京师范大学、香港大学、悉尼大学等知名学府继续深造，还有更多同学将奔赴各行各业开启事业。一份份喜讯传来，我由衷地为你们高兴。

在这个故事里，也有着奋进有为的担当。面对疫情防控攻坚战，你们是山谷里的最美逆行者；在各项公益活动中，你们是挺膺担当的红马甲；在校友患难之际，你们是世间大爱的接力人；在"母校情·北京行"的社会调查中，你们是爱校荣校的践行者；在参军报国的踊跃队列里，你们是携笔从戎的排头兵。今年的"十佳毕业生"中，文学院王智同学积极投身社会实践，带领团队获评广东省大中专学生暑期"三下乡"社会实践活动灯塔实践队；法律与行政学院熊琦瑞同学勤勉进取，成为"广东省2022年度励志学生成长成才典型"；教育学院孙韵涵同学在家乡佛山积极投身抗疫服务，被评为"2020禅城好人"……每一个奋进足迹的背后，都折射出北师珠学子勇于争先、敢于担当、勤于作为的青春力量。

在这个故事里，还有着恣意青春的张扬。你们在山谷艺术节的绚丽舞台上以乐传情、以舞达意，在非遗文化传承的沉浸体验里赓续中华传统，在大学生电影节的光影盛会上感受人生百态，在喜迎北师大一百二十周年校庆的青春畅跑中传递师大百廿荣光……你们用青春吹动了凤凰山谷的缕缕清风，用梦想唱响了南国北师的时代强音。你们的故事生动而又美好，每一个片段都值得被铭记!

同学们,你们即将离开母校,在新的舞台上开启新的故事篇章。每个人都是自己故事的主角,作为你们的校长,我衷心希望你们尽快进入角色,当好这一主角,演绎好每个篇章,在属于自己的人生故事里尽情绽放。

当好主角,需要守住来时初心,把握故事走向。每个人的生命中都会面临很多选择,甚至诱惑,演好什么样的故事剧本,选择权在我们自己手中。当你们站在十字路口踌躇不定时,希望能时刻牢记"学为人师、行为世范"的校训,坚守来时初心,把好前进航向。

同学们,还记得四年前你们刚入学时,在全国优秀共产党员、时代楷模黄文秀同志先进事迹报告会上,大家一起回顾了黄文秀师姐短暂而精彩的一生。两年前,2020届校友钟秋发毕业后投身西部、扎根基层,献力建设美好新疆,当被问及初心,他的回答简单却动人,他说:"祖国的需要,就是我的第一志愿。"希望你们以学长为榜样,将自己的"小故事"融入祖国的大潮流,在祖国和人民最需要的地方建功立业、抒写华章。

当好主角,需要修炼强大内核,塑造故事张力。每个人的故事脚本里,都不可能是一帆风顺的,有风和日丽、一马平川,也会有疾风骤雨、激流险滩。只有练就过硬本领,才能把困难踩在脚下,把天险走成坦途,把艰难困苦演化为动人的故事元素。

同学们,正所谓大道至简,实干为要,本领为先。大学毕业不是学知识、练本领的终点,而是一个反思与内省、整理与展望的节点,是人生长路的一个新起点。希望你们始终保有开拓进取、与时俱进的精神风貌,不忘"治学修身、兼济天下"的殷切嘱托,坚持学习、习惯于学习,保持对新事物的好奇心,敢于走出舒适圈,敢于迎接新挑战,在时代的浪潮中披荆斩棘、乘风破浪。

当好主角，需要建立深层连接，推动故事进程。艺术领域的故事可以有独自的演绎，但人生的故事没有"独角戏"。纵观人类历史，要克服巨大困难，推动人类文明发展，大多数情况下都需要依靠群体协同才能实现。同样在一个故事里，角色间的连接互动、情感交融，往往是故事的魅力所在，也是故事进程的动力所在。

同学们，我们每个人都是自己故事里的主角，也是他人故事里的配角，我们的故事彼此交集。在这样一个故事架构中，谁都不可能只当看客，置身事外，只有彼此负责，相互协同，帮衬补台，才能相互成就各自的精彩。未来你们都将会成为团队的一分子，希望你们树立团结协作意识，学会合作、善于合作，在合作中汲取力量，实现共赢。

同学们，祖国的发展赋予了你们无比广阔的舞台，时代的大幕徐徐拉开，你们的故事正在登场。希望你们无负今日、不负时代，当好主角、享受主角，在自己的人生舞台上乐为、敢为、有为，演绎更加精彩的人生故事。你们的故事就是南国北师的故事，母校期待听到你们新的故事。

最后，祝你们毕业快乐、前程似锦！珠海金凤路18号和北京新街口外大街19号，永远都是你们温暖的家！欢迎你们常回家看看！

（本文为作者在北京师范大学2023年毕业典礼上的讲话）

教师篇

1

钥匙就在阳光里

北京大学光华学院院长　刘俏

亲爱的同学们、远道而来的各位亲友、尊敬的同事和朋友：

今天是一个特别的日子，这是三年来我们第一次举行真正意义上完整的线下毕业典礼。1279名2023届北大光华各个项目的毕业生，包括来自世界各地的"未来领导者"国际本科项目、Global MBA、Guanghua-Kellogg EMBA项目的同学，相聚在百年讲堂，共同庆祝大家在一段特殊的日子，在这个美丽而鼓舞人心的地方所取得的成就。首先请允许我代表光华管理学院对2023届各个项目的新晋毕业生们表示最诚挚和最热烈的祝贺！同时，我希望你们把掌声送给你们的家人、朋友、同学、师长……感恩这一路陪伴你们、支持你们、鼓励你们的人们，邀请他们一同分享这份毕业的激动与欢喜。

毕业意味着暂时的别离。"明天会变成什么？会变成一束鲜花，一颗流星，一个愿望；会变成一个誓言，一句祝福，"作家赫尔曼·黑塞曾寓意深长地说："明天会变成你余下生命的第一天。"

开启生命的下一个篇章，一定会有一种新的生活接纳你，它既带着欢快、诱人和丰饶的气息，更可能经常交织着焦虑、悲凉和不期的考验。我们正处于历史上一个令人不安的时刻：旧有的秩序和规则正在逐渐瓦解，我们熟悉并且得心应手的规律和法则正在失效；发展不平衡、收入和财富分配不平等、社会阶层固化等掣肘人类文明演进的痼疾未见明显改善，而去全球化（de-globalization）或是再全球化（re-globalization）等用意不详甚至可疑的宏大叙事，却难以掩盖我们生存的这个世界正陷入失衡与重构所带来的混乱这一事实；别有用心的人一本正经地"胡说八道"，经过互联网加速和放大滋生出系统性造谣的土壤，恶意传播的虚假错误信息不断侵害大众的认知，人们经常无法在重要的实证事实面前形成共识，使得本属理性的争论变成情绪性的宣泄甚至是刻意制造的对立，一场大众对价值理性的信任危机正在出现并开始蔓延；科学作为工具理性高歌猛进，信息、知识和各类"问题"的答案几乎是唾手可得，人们慢慢爱上那些让他们拱手让出思考能力的便捷与舒适——然而系统和全面的思考是我们在这个历史的重要时期必须肩负起的道德责任……

"你不需要气象员，就该知道吹的是什么风"（You don't need a weatherman to know which way the wind blows – Bob Dylon）。面对完全不可预测的未来，作为微弱个体的我们都能轻易感受到时代大潮和周遭环境剧烈变化所带来的冲击和裹挟。在这个充满危机和挑战的历史时刻，我们比过往任何时候都更应该强调大学教育的价值以及它给大家带来的改变：我们的教育旨在培养科学理性的思维模式和分析问题的框架体系，赋予你定义美好的能力、建设美好的愿望和坚决果断行动的勇气，为生命的成长确定方向。我相信我们的教育已经塑造了今天的你，而且它还将继续滋养你未来的成长——以有意义的方式不断成长一直都是我们应对时代的波诡云谲、治愈这个远非完美的世界最好的方式。

启程在即，未知的生活奔涌而至。我愿意祝福大家一帆风顺，拥有快意人生，像古龙小说里描述的那样，"骑最快的马，爬最高的山，吃最辣的菜，喝最烈的酒，玩最利的刀"。但是，我不得不说，你的未来不可能是一马平川，那些奋力打拼过程中的孤独感、疲惫感，甚至是挫败感，会经常伴随你左右。在未来很长的一段日子里，你会经常疑惑，怎样才能过好那有着超过一百万种可能性的一百万分之一的人生？

独特的思想和智识的形成是一个永久的谜团。现在风光无限的AI大参数模型chatGPT以上千亿个参数，投入庞大的算力去学习海量数据，所形成的也不过是对当下最近似的描述；即便不断调整上千亿的参数去反复迭代，这个大参数模型能否感知人性的温度，习得生而为人的高贵，通过不断进化获取定义美好的能力，从而指导你渡过充满价值和意义的一生？

我们不需要反复调整上千亿个参数来获得指导人生的大模型，但我们需要回归到常识，回归到那些穿透时间、穿越山海的朴素规律。如果遵循大家在金融学最基础的课程里学过的现金流折现模型（The DCF model），我们可以构建一个模型，把人生的价值和意义理解为一个人未来所创造的所有价值的净现值之和。在这个小参数模型里，贴现率（discount rate）的大小是决定价值的一个非常关键的因素或者参数：贴现率越小，表明我们越在乎未来，我们越愿意在当下付出更大的努力、更高的代价，以更大的勇气去拥抱不确定的未来，因此，一个人生命的价值和意义也就会越大；贴现率越大，表明我们越在乎当下或是短期的利益，我们的生活越有可能充斥着算计与交换，经不起来自未来的审视。基于这个关于人生价值的小参数模型，我给大家一个建议：调低你用来折现未来价值的贴现率。

调低贴现率参数的取值，意味着改变对风险的偏好，相信未来是好的并对未来持坚定的乐观态度。不同的风险偏好决定了人生的不同态度，未来的你是现在的你选择的结果。时代越喧嚣，岁月越曲折，对长远的未来充满信心就越加珍贵。当下正弥漫着对中国经济的各种悲观情绪：房地产和大基建的投资周期接近尾声；人口和劳动力红利渐行渐远；随着中国工业化进程的结束，驱动经济持续增长的全要素生产率增速开始下降；传统经济增长动能已经式微，而新的增长引擎尚未就位……然而，正如比尔·盖茨那句很有名的话所说的，人们总倾向于高估未来一到两年的变化，而严重低估未来十年可能发生的变革。事实上，支撑中国经济长期稳定增长的结构性力量正在形成：虽然我们完成了伟大的工业化，AI和大数据的飞速发展以及中国业已形成的丰富产业生态带来了"再工业化"的可能性，即任何产业都可借数字化转型再做一次。"再工业化"将带来全要素生产率增速提升和经济保持持续增长的巨大可能性；投资率与全要素生产率增速之间有着恒定的正向关系，这是经济学研究里一个重要的实证事实，据我们的估算，推进碳中和的实现在未来三十年需要近三百万亿元的投资，折合为每年投资8%~9%的GDP，这将足以填补传统投资下降留下的缺口，支撑全要素生产率继续保持较高的增速……把短期困难视为常态并过度外推，你将失去创造历史一种新的可能性的机会——悲观者注定失去未来。

选择一个较低的贴现率，意味着你愿意做一个长期主义者，相信人生不是百米赛跑，而是一场艰巨的马拉松。我们这个时代有太多的人迷恋短期的名利，为达目的不择手段，愿意用未来置换现在的财富，为了短期利益去做空自己的灵魂；我们这个时代同时有太多的人听不到或者是装作听不见远山的呼唤，始终不愿走出当下的舒适区，无论它有多荒谬。他们总是选择最安全、最中庸的道路前进，他们就像是鲍勃·迪伦在歌中唱的那样，"她从不会摔跤，她根本没地方可以跌倒"（She never stumbles, she's got no place to fall）。真正的长期主义者愿意延迟满足，他们既有现实主义的关切，又自带理想主义的光芒；他们相信所有的一切，甚至最撕心裂肺的痛苦、漫长黑夜里孑然独行的长路、那些嚼碎玻璃、站在悬崖边的绝望，都是生活的馈赠，是帮助他们成长的礼物；他们相信长期坚持的力量，笃信"你不能把这个世界，让给你所鄙视的人"（You cannot leave this world to the people you despise）；高光时刻，他们可以是《指环王》里最明亮的星辰埃兰迪尔（the light of Earendil），而在人生至暗时刻，他们小心翼翼地照顾着内心那匹野马，并耐心为它寻找能够驰骋的草原……

调低贴现率，也意味着将思想和智识的成长放置在一段更长的时间、一个更广阔的空间里，这将提升你认知的格局与高度。我们必须深刻地认识到，不同的价值取向不可避免地进入人们思想和智识形成过程的每一个环节。我们对世界的认知、我们惯常接受的"真知灼见"，包括那些我们已经贴上"真理"标签的科学知识都是暂时和相对的——它们受限于这些理论或是观点的提出者所秉持的价值主张。把思想的形成和智识的成长放置到更为广阔的时空，我们将彻底理解"随着时间的推移，不断会有新的、来自不同方向的真理被揭示出来"这一事实。理解这一事实，我们能够自觉避免自己轻易陷入思想上的偏执，对不合己意的观点或是认知全面排斥；理解这一事实，我们更能够学习去和那些与你想法不同的人接触，将彼此的不同观点或是见解交给时间去检验，并随时准备着改变自己固有的想法。不愿聆听不同的声音，坚持捍卫自己在知识和观点上的自我正义，是人在思想形成和智识成长过程中自我设置的最大陷阱。

2023届的毕业生们，完全不可预测的未来正迎面而来。我希望大家能够调低用来折现未来价值的贴现率，做一个长期主义者，一个充满阳光的人，一个好人，不抱怨、不解释。真正的强大不在于能征服什么，而是能承受什么；在这个世界上，虽然没有注定实现的梦想，但应该有为了梦想所做的最美好的努力。请记住，开启未来的钥匙在阳光里。

再次祝贺大家！毕业快乐！

（本文为作者在北京大学光华学院2023年毕业典礼上的讲话）

2

引领AI时代

清华大学智能产业研究院（AIR）院长　张亚勤

各位同学、老师和家长们：

非常荣幸今天站在这里与各位分享毕业典礼这个重要和欢乐的时刻。首先，我要向所有毕业生表示最热烈的祝贺！你们经过数年的辛勤努力，终于获得清华经管学院的文凭！我也要向各位家长表示祝贺，你们缴纳的学费是最好的投资！

我们所处的时代，无疑是一个充满挑战和不确定性的时代。科技创新的加速进步和第四次工业革命的巨大力量，让我们见证了人工智能、量子计算、生命科学、新材料、新能源等领域的不断突破。然而，我们也目睹了百年一遇的疫情所带来的巨大挑战。同时，逆全球化的风潮和地缘政治的影响也让我们面临着巨大的不确定性。

人工智能是第四次工业革命的基石，正在改变我们的世界，从科技、产业、社会到个人。我自己这些年也一直从事人工智能方面的研究、技术和产业化。白院长希望今天我谈谈一些关于人工智能时代的观点和思考，以及我的个人经历和感悟。

此时此刻,看到台下你们一张张充满朝气和兴奋的面孔,我也想起了多年前的自己。1978年,改革开放恢复高考,我那年12岁,考入了中国科技大学少年班,成为当年全国高考最年轻的大学生。1986年,在中国走向世界之际,我又去美国留学;1999年,全球化浪潮开始,我回国和李开复博士等朋友们一起创建了微软亚洲研究院。这个研究院后来产出了很多世界级的研究成果,也为中国培养了大批人工智能和计算机科学的领军人才,成为名副其实的中国人工智能的黄埔军校。2014—2019年我作为百度公司总裁,和公司创始人李彦宏先生一起带领百度进入新技术和新领域:无人驾驶、芯片、智能云、量子计算和人工智能。三年前,也就是2020年,我加入清华大学,创立了智能产业研究院(AIR),打造一个面向第四次工业革命的研究机构,从事基础研究,发明核心技术,为中国人工智能产业培养未来的科学家、CTO、架构师和领军者。

我很幸运,每一步都踏着时代的脉搏和节点,每一步都跟随我内心的声音和召唤。

我也很不幸。我出生在动荡的年代,父亲早逝,我从小就在外祖母、祖母、母亲和亲戚家之间辗转,这让我一直感到不稳定——不知道下个学期会在哪里上学,是否能上学,上哪个年级,或者要去哪个城市。当我报考中国科技大学少年班时,我兴高采烈地认为终于要去北京了,有学上了。然后才知道中科大在合肥,不过我后来也很喜欢合肥。

不幸中的幸运是,我的亲人们都非常爱我,也非常重视教育。我3岁的时候,外祖母就给我讲故事,让我看连环画,然后给我看小说。我看不懂,她给我一本字典,让我自己查。为了了解书中的故事,我学会了很多字。这样的教育方式让我对学习充满了兴趣,保持了对未知事物的好奇心。后来在我的学习和工作中，我多次进入全新领域，但我从来没有恐惧感，相反我很享受这个过程。

我的母亲对我的要求一直比较严格。有两个镜头我一直记得：

第一个镜头是我小时候总是不能静下心来专心做一件事，很浮躁，很容易放弃。有一次，她特别生气，罚我站在墙角大声问我："你有一技之长吗？你能自食其力吗？你靠什么生存？"这么多年来，每当我遇到困难和选择时，无论是作为学生、工程师、教授还是总裁，这个声音总在我耳边："你的一技之长是什么？"

第二个镜头是我小时候，有一个好朋友，我们一起读书，一起玩耍。有一天，我对母亲说，他很笨，那么简单的题都不会做，而我心算就算出来了。母亲很生气很严肃地说："你告诉他了吗？任何时候都不能在背后说别人的坏话，何况你们还是好朋友。要学会善待别人。"当时我感到非常羞愧。后来，这成了我做人和管理的一个原则，不在背后说别人的坏话，也不喜欢别人在背后讲别人坏话。如果A给我讲B的坏话，我就把B叫来一起听。这个原则让我学会善待别人，然后我发现别人也会善待我，这个简单的习惯也避免了90%的办公室政治，让我的世界和管理方式变得简单和干净。

让我们把镜头再聚焦到今天，看看人工智能的进展。

人工智能经过60年的发展，已经成为这个时代最具变革的技术力量。过去十年，深度学习成为主流，人工智能进入了大数据、大计算、大模型的时代。从AlphaGo/AlphaZero在围棋领域战胜人类，到AlphaFold2高精度的预测蛋白质三维结构，再到现在我们正在经历的chatGPT现象，人工智能技术正在深层次地改变我们的物理世界、数字世界和生物世界。这些趋势使得chatGPT系统具有了强大的感知、交互、推理和生成能力，在很多领域已经接近其至超越人类的水平。

我在清华的这几年，也是人工智能领域发展最迅速的时期。它对自动驾驶、机器人、物联网和生命科学产生了巨大的影响，而AIR在这些领域的研究也取得了显著的进展。最近，以chatGPT为代表的基础模型和生成式成为人工智能发展历史上的重要里程碑。仅仅两个月，它吸引了上亿用户，成为全球最受欢迎的产品。我认为，这是人类历史上首个通过图灵测试的产品，为实现通用人工智能开启了曙光。同时，基础大模型正在构建新的操作系统，将彻底重构我们的软件、硬件和应用生态，重塑产业结构、商业模式以及未来的工作方式。

我们看到，所有的设备都能看、能听、会说：无人出租车载着乘客，无人卡车载着货物，无人机在天上送着快递；机器可以实时、准确地翻译，可以快速分析患者病情、读片诊断、发明新药、做手术。机器人走进我们的家庭成为我们知心的管家，走进办公室变成我们最好的助理，进入城市来维护我们的安全，进入工厂成为最熟练的工人。

未来，有些产业和工作或将消失。不需要很多翻译，不需要很多司机，不需要很多中介，不需要很多流水线工人。任何重复性和流程性的脑力和体力工作将被机器取代；任何可描述的、有固定规则的、有标准答案的问题，机器都会超过人类；任何的考试，不论是高考、SAT、GRE、GMAT、Olympic数理化，机器都将是冠军。机器将会理解今天最复杂的公式，会证明我们尚未证明的数学难题，也会产生新的方程式。

另外，我认为更有创意、更高品质、更有想象力的、更有趣味、更有温情的工作也将产生。如果很好地控制和治理，机器和人工智能将是我们的朋友、助理、代理人和延伸。未来的智能是人类智能＋机器智能（HI+AI），当人工智能使得生产力大幅度提高时，我们每周也许可以工作

2~3天，大部分时间可以做自己有兴趣的事。

你们可以看出我是个乐观主义者。

对于同学们来讲，这是好消息，也是坏消息；充满了机会，也充满了不确定性，这是最好的时代，也是令人困惑的时代。对于即将走入社会的同学们，在人工智能时代，我希望给大家几点建议。

一、保持对世界的好奇，做永恒的学习者。

在数据爆炸和不断变化的世界中，成为具备强适应能力的学习者至关重要。五年前学到的知识80%大多已经过时。在清华大学，你们学到的最有价值的不仅是具体的知识，更是学习新知识的能力，是从繁杂噪音中分辨信号的能力，是从众多杂乱数据中提取信息的能力，是简化问题和抽象问题的能力，是把你学到的知识都忘记之后的能力。

人工智能时代，在机器学习时代，机器在学习，人类更要学习！

你们都知道我们最尊敬的杨振宁先生，已经101岁，是当代伟大的物理学家，也是学识渊博的大学者。我有幸在中科大读书时就认识他。他是合肥人，经常回家乡到中科大少年班，过去的20年我有更多的机会向他请教。但是我发现每次我跟他请教时，他总是在问我问题。两年前，我去杨先生家里看望他，我准备了一个问题列表，抢在杨先生提问前开口"先发制人"。不过他还是问了我很多无人驾驶、chatGPT和机器人方面的问题。"问渠那得清如许？为有源头活水来"，泰斗若此，何况吾乎？

二、有独特的观点和视角。

我1989年博士毕业，工作了30多年，做过基础研究，做过产品和市场，在中国、亚洲和全球管理过几万人的团队，可以说阅人无数。我深刻体会到了拥有独特的观点、视角和判断的重要性。当我面试人员，尤其是年轻人时，我更注重他们的独特性、思考方式和思维火花。我经常说：

"一个独特的观点等于100个IQ点。"当然更重要的是要能坚持你的观点。

我记得在微软负责产品部门的时候，有一次收到了公司的大老板比尔·盖茨先生的邮件。他知道我需要一个架构师，便向我推荐了他之前的技术助理。我经过面试后并不认为他是最佳人选，于是礼貌地回复了比尔，婉拒了他的推荐。没想到，第二天我又收到了比尔一个很长的电邮，差不多近三页纸，详细地说明了他前助理的各种优点，但他也明确表示最终决定还是由我来做，因为这是我负责的产品。我再次非常慎重地面试了这个助理，并与团队再次商议后，觉得他还是不适合。于是，我又对比尔"十动然拒"了，很感动很珍惜但是婉拒了。最终，我们找到了理想的架构师，并成功推出一系列非常出色的产品，比尔也很高兴。

同学们，当我们踏入真实的世界时，很容易受到影响和压力而变得"顺从"和"合群"，人们往往追求表面上的和谐和符合社会预期的形象。这短期也许有小的回报和舒适感。但长远看，在面对复杂和多变的世界时，你们的独特性将成为你们最宝贵的资产。

因此我恳请你保持自己的独特观点、视角和原则，不要随波逐流，不要失去你的个性和棱角，人工智能越来越强大，chatGPT可以比任何人更圆滑和全面，能够生成很多观点。但唯一无法生成的，就是你独特的观点。

三、将伦理和人文精神放在心中。

两千多年前，伟大的希腊思想家苏格拉底将道德作为追求真理的灵魂。大约同一时期，我们伟大的中国哲学家孔子把人性的"仁义"作为构建社会结构的基石。在截然不同的文化下，两位伟大思想家所见略同，并非巧合。今天，当我们面临更多选择、迷茫和诱惑时，这一点就变得更加重要。

技术是中立的，但创新者有使命。技术是工具，要为人类服务。随着人工智能能力的飞速发展，它所带来的潜在风险也在不断增加。这迫使我们思考人工智能技术对社会、文化、伦理等方面的影响和责任。我们要重新审视人类与机器的关系，以及人类自身的本质和价值。对于人工智能技术的不确定性和复杂性，我们必须做好充分准备和应对。

上个月，我个人签署了由一个AI安全机构发起的《AI风险声明》，呼吁减轻被人工智能灭绝的风险，应该与流行病和核战争等其他大规模社会性风险一样，成为全球优先解决的事项。我所在的清华大学智能产业研究院（AIR）致力于做负责任的AI。我在AIR送出的第一个全员邮件就是我制定的AI的3R原则，Resilient，Responsive，Responsible，在研究理论、算法和应用模型时，必须考虑技术的意义和可能带来的结果，并将伦理问题和价值观置于技术之上。

作为一个乐观主义者，我相信人类拥有两种智慧：发明技术的智慧和把握技术发展方向的智慧。我坚信我们有能力找到这种平衡，但我们必须保持危机意识，并立即采取行动。

四、人生是赛场不是战场。

人生就像一场体育比赛，通过公平竞争，我们能够充分激发每个选手的潜力、实力和能力，最终每个人都能成为赢家。它不是一个战场，不需要把对手置于死地，这样大家都会成为失败者。

在探索人生的过程中，要大胆尝试，找到适合自己的道路。做自己的选择。当年我女儿选择大学时，作为父亲，我给她提供了一些很优秀的建议。然而，她很友好很客气地婉拒了我，她说："爸爸，这是我的学校，我的选择，我的人生。"同样，我儿子在选择大学时，我提供了更优秀的建议，他更友好更客气地婉拒了我。他们都听从自己内心的召唤，做了自己的选择。

的确，没有最好的选择，只有你的选择；没有最完美的人生，只有你的人生。

年轻的朋友们，这是一个特殊的时刻，请用你的才华、激情和创新，更用你的同理心、勇气和爱，去展现、去闪耀，响应使命的召唤！

最后希望同学们：

保持你的简单，

保持你的锋芒，

永远好奇，

永远在学习。

与人为善，不在背后讲别人坏话。

发挥你的一技之长，

爱你的父母和家人，

爱你的国家，

爱你的世界！

再次祝贺你们，2023届清华经管学院的毕业生！

（本文为清华大学智能科学讲席教授、清华大学智能产业研究院院长、中国工程院院士张亚勤在清华大学2023年毕业典礼上的讲话）

3

应对极限的世界

中国人民大学经济学院院长　刘守英

亲爱的经济学院同学们、家长们、老师们：

今年我们有本科189人、硕士213人、博士83人，大家顺利地毕业了。

2019年我开始担任人民大学经济学院院长，你们中的大多数于这一年进入这所伟大的学院，感谢你们陪我们共度三年疫情。在你们即将离别之际，我想以"应对极限的世界"为题，给你们上最后一课。

同学们，你们在经济学院的学习中，老师们教给你们在静态和比较静态下的行为决策，也教过你们如何在不确定的世界应对风险和做真实世界的决策；我也曾以"以个人的确定性应对世界的不确定性""面对不测的世界"为题给你们的师兄师姐们做过临别赠言。从近年出现的百年未有之大变局来看，各种黑天鹅、灰犀牛事件频发，比如大国博弈、全球化逆转、世纪疫情、世界性的经济危机、我们看得见的战争、经济和政治围堵、chatGPT登场，等等。极端情形出现将不会是偶然，而是必然；不是百年未遇，而是会时不时出现。这些情形将不是假想的世界，而是真实的世界。我们的经济学教科书没有教过，比你们年长的一代人也未经历过。你们如何面对极限的世界，从现有的书本中找不到答案，从前人的经验中找不到借鉴。

为了准备这个演讲，我重读了在人生极限时读过的一本书叫《大萧条的孩子们》。30年代的大萧条，无疑是20世纪美国人承受的最为难忘、最为痛苦的极限经历。作者以1920—1921年出生组为跟踪对象，研究了大萧条经历对这些亲历者生命历程的长期影响，得出的结论是大萧条不仅影响到研究对象幼年时的生活环境，而且对成年后的工作、生活、经历、职业生涯等产生深远影响，这些影响甚至波及研究对象的后代，并在某种程度上构筑了战后美国人的国民特征。

极限世界不仅会带来国运的重大转变，也会影响到个人的生存。它一旦到来，无人能躲得过、避得开。比如经济萧条的利刃无情地抛向了所有人，不仅割裂了有钱人的生活和希望，也粉碎了穷人的生活和希望，对社会和人所带来的震撼是使你接近生与死的终极体验：没有一个人能够真正逃避被抛下后下沉的命运。当然极限世界也会重建个人的生命历程，重构人们的价值观，让人们培养新的社会适应性。有的人在极限下遭遇灭顶之灾，也有的人得以凤凰涅槃和重生。

以我人生应对极限世界的经历，给同学们以下几点建议。

一、不走极端。

极限事件降临时，定会对你造成毁灭性冲击，企业倒闭，失去工作，积累的人力资本和工作经验顷刻无用，家庭财务危机，孩子培养断供，如常成为无常，你一下子跌入谷底，身心崩溃，心灰意冷。面对这些突如其来的命运改变，你必须咬牙挺住，努力使自己保持冷静，你不能失控，不能一蹶不振，更不能走极端。面对极限事件，不要急于做决定，待自己平复以后，再思考下一步。

二、先活下来也是一种理想。

今天在座的每位学子都是怀揣理想的，但是，任何理想实现的前提是你还活着。在极限世界，先活下来就是最大的理想，因为活下来不是那么容易的，每个人无论原来穷与富、贵与贱，极限事件把大多数人拉到同一起跑线，都以活下来为目标，大多数人面临如何活下来的同质化竞争。你有任何闪失都可能导致你活不下来，因此，你的行为、你的决策、你的收支、你的计划、你的一切都应该以先活下来作为考量。只要活下来，就有明天，就有施展理想的底盘。

三、以坚韧的性格应对。

极限世界对人类的最大价值是提供了展现人性的场域，人性的光辉与阴暗、美与丑、善与恶、高大与渺小，将一览无余，让我们看清一个个活生生的人，认清人性的本质。极限世界也淬炼每个人的性格，一帆风顺会养成脆弱的性格，一直当赢家会养成傲慢的性格，靠投机营生会养成鸡贼的性格。极限世界能让脆弱者变坚强，让傲慢者变谦虚，让投机者消失。极限世界将使人们更为坚毅、更有韧性，更经得住磨难，更加坦然，这是使一个人成为卓越的性格，是使一个民族成为伟大的性格。具有这种性格的人能应对一切，养成这种性格的民族能立于世界。

四、作出适应性改变。

极限世界的根本特征，是出现了不以人的意志为转移的变局，发生了与规律不一样的变革，经历了用常理难以解释的变化。应对极限世界的"三变"只能用转型而不是转轨，也就是顺势而为，而不能逆流而上。中国在20世纪80年代面对社会主义体制向何处去的极限事件，以转型而非转轨创造了一个社会主义大国经济快速发展和社会长期稳定的奇迹。每个身处极限世界的个人不能吃猛药，做与自己完全不适合的改变，而是顺应面对的变局、变革、变化环境，正确认识自己，权衡利弊，以适应性改变应对"三变"，才能迈过极限世界的征途。

五、在AI时代求生存。

在我读大学时，尼葛洛庞帝那本描绘数字科技对我们的生活、工作、教育和娱乐带来各种冲击的《数字化生存》深深震撼过我。今天我们已进入人工智能时代，生产知识、发现世界的规律不再是人的专利了，计算机也能完成。现代经济学是人类从农业经济时代向工业经济时代转型的理论，我们今天是由工业经济向数字经济过渡的时代，数字经济是继农业经济、工业经济之后的主要社会形态，数据将成为主导要素，人工智能革命对现代经济学的一系列基本前提假设提出挑战，工业经济的很多经济基础与逻辑将发生变化。企业和个人的决策越来越依赖于AI，AI的决策，既不同于经济学原理中假设的完全理性人，也不同于现在行为经济学中研究具有各种行为偏差的现实中的人。我们如何在AI时代生存，它带给我们的不仅是一场技术革命，而且是一场文明转换，会从根本改变我们的生存、生产和生活方式。我们唯有适应和应变，没有选择。

极限世界的行为决策不同于确定世界和不确定世界。习近平总书记提醒我们，"要坚持底线思维和极限思维，准备经受风高浪急甚至惊涛骇浪的重大考验"。极限思维就是极限世界的思维，经历过极限世界、养成极限思维者，将不畏惧任何高急的风浪、惊骇的波涛，才能担得起中华民族伟大复兴之历史责任。

谢谢大家！

（本文为作者在中国人民大学2023年毕业典礼上的讲话）

4

以知识、智慧、勇气去开创历史

复旦大学管理学院院长　陆雄文

尊敬的陈校长、陈院长、台湾大学管理学院胡院长和刘执行长、BI 副校长 Lise、Sissel 主任，香港大学经管学院周文教授，亲爱的毕业生们，尊敬的毕业生亲友们，各位同事、各位朋友、各位嘉宾：

大家下午好！

今天我们相聚在此，共同为复旦大学管理学院2022届、2023届本科生、硕士生、博士生，以及 MBA、EMBA、MPAcc、DBA 项目毕业生举行隆重的毕业典礼，今天参加毕业典礼的两届毕业生共3270人，其中2023届毕业生总数为2178人。这应该是复旦大学管理学院历史上最盛大的毕业典礼，你们创造了历史，也见证了历史。

首先，我代表复旦大学管理学院向所有毕业生们在复旦顺利完成学业，开启新的人生旅程表示热烈的祝贺！过去三年充满了困难与挑战，同学们坚持完成学业，如期毕业，这是一段极不平凡、极不寻常、令人难以忘却的记忆！我由衷地为你们感到骄傲和自豪！在此，我也要感谢我的同事们，你们坚守教育使命、学者理想，加倍投入教学与研究创新工作，努力培养与成就学生。同时，我要感谢各位毕业生的家人们，是你们的支持和理解，一起成就了今天的盛典。

我还要感谢我们海外的合作伙伴：台湾大学管理学院胡星阳院长、刘启群副院长、挪威商学院执行副校长 Lise Hammergren、国际项目主任 Sissel Hammerstrom、香港大学经管学院 IMBA 课程总监周文教授专程来到上海，参加今天的毕业典礼，还有我们的合作伙伴麻省理工学院斯隆管理学院、华盛顿大学奥林商学院、伦敦商学院、博科尼大学、路易斯大学、香港城市大学商学院，与我们风雨同舟，携手同行！

同学们，今天我们在这里，相信大家都很激动也很感慨。过去十多年，每当我们在毕业典礼上送别毕业生时，所有人的心情都是欢欣雀跃的，尤其是我们毕业生们总是满怀"荣耀再上征程"的豪情与期待。然而今天，我站在这里，同你们许多师长一样，更多了一份不舍、歉疚和担忧。

不舍，是因为作为你们的师长，我们还没有很好地和大家相处，没能更多地倾听大家的心声，回应你们的要求，也没能充分地见证你们成长的奋斗与喜悦。

歉疚，是因为过去几年你们是在异常不充分、不完备的学习条件下坚持在复旦完成学业的。我们想提供给大家的学习资源、机会、经历没有让大家充分享受，比如海外游学、社会实践、企业考察、实训实习，包括校园多彩的社团活动等，师生之间、同学之间的交流、交往也不够充分，曾经令人憧憬的校园生活留下了许多遗憾。

担忧，是因为我看到了许多毕业生眼中的迷茫和彷徨，狐疑和焦灼代替了曾经的踌躇满志、跃跃欲试，似乎有一片巨大的迷雾遮蔽了我们眼前的天空。

当前路被迷雾笼罩，你们将如何开启新的征程？

我不得不承认，迄今为止，我们教给你们的大多数知识是在比较确定的环境、资源条件下如何决策和行动的策略和方法，从一百多年前管理成为一门学问的泰罗制开始，管理知识体系就一直是沿着提升效率、降低成本、保证质量、提高投入产出比、开拓市场、管控外部性、协调利益相关者这样一个目标链和逻辑在演进与发展。虽然一百多年来，各个年代仍然充斥着大量外部环境的易变性和不确定性，但整个工业化和后工业化过程的波动仍然是在一个可预测、可承受的范围内。

如今，国际政治形势波诡云谲，全球经济秩序分化重构，科技革命风起云涌，所有商业的外部环境、资源条件已非一个组织、一家企业所能预测和把控。黑天鹅此起彼伏、灰犀牛撒野狂奔似乎已成为一种常态。美国硅谷银行的破产和被接管和chatGPT-4的发布所引发的"核爆"效应似乎就是最新的正、反两方面的例证。

同学们，你们将如何迈向新征程？你们准备好了吗？

作为师长，在你们即将开启新的征程之际，我的心里忽然响起了密密的鼓点——好像这是要送你们去"征战"！我们或许都听说过全世界文化中共享的一种叙事结构，叫作"英雄之旅"，英雄受使命召唤冒险进入未知领域，一路遇到多种挑战和险境，有时还会落入陷阱，跌入深渊，英雄不断试炼自己，提升能级，结交朋友，战胜敌手，最终凯旋归乡，成为受人敬仰的英雄。这是一种极其古老而经典的故事结构，从《惊天战神》到《狮子王》，从《西游记》到《鬼灭之刃》，从《星球大战》到《星际穿越》，概莫如此。

同学们，你们都希望成为自己人生征程中的英雄，那么在即将开启你们的"英雄之旅"之际,你们准备好了吗?

在这百年不遇的大变革、大动荡时代,在遮天迷雾笼罩的不确定时代,你们跨出脚步去踏上自己的"英雄之旅",你们一定要知道,有三点确定性是毋庸置疑的。

1.你们一定会遭遇挫折和失败,有时候还会陷入险境乃至绝境。对于全日制同学来说,你们过去一帆风顺才能考入复旦大学管理学院学习,社会经验缺乏、斗争历练不足,让你们很容易在一开始遭受创伤。对于在职项目的同学,虽然你们的人生阅历丰富,但是前路漫漫,很难以先前的经验去照耀未来的道路,你们要准备好经受命运的考验、打击,并准备好跌倒了再爬起来。

2.你们一定会遭遇各种偶然机会,good luck,bad luck,good chance,bad chance会交替出现,超出你们的预期,不受你们的控制。你们要努力抓住好的机会,避开坏的机会,锤炼自己、积累资源、提升能级。

3.你们一定会遇到妖魔挡道、敌手作对,也一定会需要导师指路、贵人相助。管理学院的毕业生一定要学习识别人性,多交合作伙伴、良师诤友。危难之际,导师会为你拨开迷雾、指引方向,导师会给你开启智慧、添注勇气。

同学们,站在当下,我们因谨慎而悲观;放眼未来,我们因理性而乐观。我曾经说过,在前所未有的不确定面前,人类追求世界和平、安宁、发展的努力这一主流和基调是确定的,人民追求更美好的生活的愿望是确定的,科技革命及正在引发的产业革命即将改变世界的面貌是确定的,所以你们应该走出你们的舒适区,去响应时代的召唤,勇敢地去开启属于你们的"英雄之旅"。

同学们,我很期待你们胜利归来!因此,在你们踏上征程之际,我愿送出三副"锦囊"。

一、要升级你们的知识。

在今天这个时代，拥有单纯的专业知识的局限性日益凸显。虽然在过去十年，我们不断努力为你们的课程纳入全球管理学最新知识成果和最佳实践，开设各种人文社科与科学技术的论坛、讲座，但要应对今天世界纷繁复杂、快速变化的挑战，哪怕只是回应你们所在企业的商业决策，你们都要重新体系化地学习政治(尤其是国际政治)、历史(尤其是世界历史)、哲学（包括文化、宗教），以及理所当然的科技知识，把这些知识同你们所掌握的体系化的管理学知识结合起来，融会贯通，你们才能更好地理解文明的源起、流变和趋势，认识物质与精神、个体和群体、局部和整体的关系，你们才能更好地理解，这个地球村的人民的命运从未像今天这样紧密联系在一起，你们才能更好地理解，蝴蝶效应是如何影响全球供应链重组、各地区产业波动，以及你们所在企业的战略布局与选择。

二、要发展你们的智慧。

踏上"英雄之旅"，你们将遇到瞬息万变的形势、稍纵即逝的机会、迫在眉睫的问题，现实往往容不得你们像在教室里、在案例讨论室里、在书斋里，让你们静下心来，拿出纸笔，编写程序，运算模型，渐渐推演出最优方案来。现实需要你们立马回应，甚至运用你们的直觉。直觉往往基于经验。中国第一代企业家、第二代企业家风起云涌的成功就是优秀直觉的成功，但这个时代已经翻篇。当下优秀的直觉要基于知识加经验。行万里路才能体现读万卷书的价值。在探险和"打怪"的征程上，不断运用你们已经储备的知识，因时、因地、因人制宜地去调整现实条件的参数，输入实践策略的权重，你们发起行动，然后通过不断过关或挫败，不断总结经验或教训，你们就会将知识上升为智慧。

当你们的智慧之门被逐渐打开,你们的快速判断力就会提升,深刻洞察力就会形成,优秀的直觉得以发展,就此,你们会登上管理与决策的职业阶梯的顶端,你们就拥有了属于你们自己的自由。

三、要注满你们的勇气。

勇气是英雄天然的特征和标签。在这个迷雾时代开启"英雄之旅",靠冷兵器和火炮是战胜不了当代的妖魔鬼怪的,最常备的武器也当是精确制导导弹。知识就是导弹头,智慧就是精确制导系统,而勇气则是动力系统,帮你们把威力投送到足够远的目的地。旧时代有勇才会有谋,新时代则需足智多谋,善谋才更勇。列夫·托尔斯泰就说过:"勇敢是智慧和一定程度教养的必然结果。"

在你们出发伊始,你们的勇气可能是源自内心的冲动和向往,可能是听从外界的使命召唤,也可能是一不小心跌入险境而为求生的奋力挣扎。在你们跋涉途中,尤其是遭遇挫败之时,你们亟须补充所消耗折损的勇气,此时你们要学习以汲取新知能量,或要休整以重新评估、梳理修补,求得复原,同时因你们的德行,贵人、高人或导师就会出现,给你们启迪与指引、助力你们复活,并重新振作。尼采曾说:"你必须接受自己内心的躁动与彷徨无措,因为它会使你成为一颗闪亮夺目的星。"

同学们,我们是多么地期待你们完成英雄使命后凯旋!可是是否所有的英雄都能凯旋呢?最近来访的比尔·盖茨在北京受到了最高规格的接待,因而成为世人关注的焦点,然而他这次的身份不是微软的联合创始人和世界首富,而是慈善家和基金会联席主席。想当年他从哈佛辍学创办微软,就是听从他内心的召唤,致力于开发个人电脑操作系统和应用软件,由此把整个世界带入了个人电脑普及的时代。随后十多年,他尝试主导开发了几十种未来新技术和新产品,却大多以失败告终。他也因此先后卸任

CEO、首席架构师,直至2014年卸任董事长,随后全身心投入慈善公益事业。作为工程师和技术英雄,他似乎没有走向巅峰,但以其改变世界、让人类命运变得更加美好这一初心来看,他中途变换目标、变换场景和平台,却越发发挥其更大的影响力和作用力。而从他三年前资助Open AI、今天又亲自为chatGPT站台来看,他一直没有放弃其科技前瞻者、推动者和领导者的理想。以比尔·盖茨近半个世纪职业生涯来看,他就是英雄,集知识、智慧与勇气于一身,其间有跌宕起伏,有改变具体任务目标,却从未放弃初心、理想。他执着、坚韧,又能知止、又善进取,他的英雄之旅是一个连续剧,高潮迭起。时势造英雄,英雄领趋势。

虽然,沿着英雄之旅这个古老而经典的叙事结构,英雄终将归来,但剧本终究是编写出来的。在现实世界,尤其是迷雾时代,英雄终有折戟乃至倒下的。对于管理学院的毕业生而言,我们终极意义上将如何衡量你们的人生成就?是使命达成、财富积累、职位攀升、社会尊崇,所有这一切,当然是,但也不是。

人生不是一条直线,它是一个立方体,它不仅由长度决定,还有宽度和厚度。英雄之旅绝不仅仅是鲜花铺就,所有的惊险、失败乃至孤寂的挣扎,都是人生的经历与财富。你们一定有机会在80岁退休之际,或100岁开始享福之刻回望人生,财富够用足矣,名望只是浮云,沉淀下来的就是你的人生立方体的充实与丰富。英雄是为了天下福祉,也是英雄为了实践自己对自己成就的期许。赫尔岑在《往事与随想》里说:"生活的最终目标是生活本身。"万般苦乐挣扎,到最后都要还原到生活——这是活着的本义。在人类即将展开与人工智能竞争的时代,我们不能预测所有没有发生的未来,但是我们能够设计我们的未来,并以我们的知识、智慧和勇气去建造我们的未来。所有参与其中的人都将是英雄。

同学们，英雄之旅已在你们面前展开，你们注定要投身其中，不管你们是发自内心，还是出自外界的召唤，还是不小心跌入险境，你们注定要踏上这一旅程，不以物喜，不以己悲，不怕迷雾又浓又厚，进一寸就有一寸的成就和喜悦。即使周遭突然漆黑一片，哪怕只有一丝光，你也要抓住它，让它照亮你的前路。哪怕没有一丝光，你也要用你的心去点亮自己，让自己去照亮前路。

希腊诗人卡瓦菲斯（C.P.Cavafy）在其著名的诗篇《伊萨卡岛》开篇写道："当你起航前往伊萨卡，但愿你的旅途漫长，充满冒险，充满发现。"

亲爱的同学们，我们暂时别过。时代巨变，未来已来，你们将创造属于你们的历史，你们终将成为你们所创造的历史中的英雄。让我们期待你们的凯旋！

祝福大家！

（本文为作者在复旦大学管理学院2023年毕业典礼上的讲话）

5

做一个真正的士

北京大学经济学院院长　董志勇

尊敬的各位老师、嘉宾、校友、家长，亲爱的 2023 届毕业生们：

大家下午好！

又是一年盛夏时节，又是一年骊歌声起。

今天，我们相聚在这个承载了无数青春记忆的美丽燕园，一同见证 2023 届的同学们圆满完成学业、开启新的人生篇章。经历了三年的疫情考验，我们更能深切地感受到这场典礼的来之不易。在此，我谨代表北京大学经济学院，向各位毕业生同学们表示热烈的祝贺！向长期以来全心支持、教导你们的家长和老师们表示由衷的感谢！

再过一会儿，同学们头顶的帽穗就将从右边拨到左边。这个看似简单的动作，实则意义非凡，它意味着你们将成为真正的学士、硕士、博士；更进一步说，你们将从属于一个共同的群体，那就是"士"的群体。

在中国传统文化的语境中，这个再简洁不过的称谓，是对知识分子最高的礼赞和褒奖，它意味着深厚的学识、正直的品格、卓越的能力、崇高的理想与恢宏的胸襟。在孔子的眼中，它是"使于四方，不辱君命"；在太史公的笔下，它是"言必信，行必果，已诺必诚"；而最为传颂不衰的，则是这四句格言——为天地立心，为生民立命，为往圣继绝学，为万世开太平。如果我们将视野拓展到大洋彼岸，会发现在西方的语境里也有一个对应的词汇来形容今天的你们，那就是"精英"，我们只需要回溯这个词的英文词源，就能立刻知晓它沉甸甸的分量，那就是"被选择的人"。

相信诸位已经感受到，无论是在东方还是西方，"士"或"精英"都不约而同地承载了社会的至高期许，浓缩了一个民族、一种文明对光明未来的展望。然而，值得深思的是，当下人们所说的"精英"或"精英主义"不再是一个纯粹的褒义词，而是有了更为复杂的诠释。美国学者桑德尔就曾尖锐地批判精英群体的文凭主义。在他看来，精英群体将成功完全归功于自身努力，却忽视了时机、运气和他人的帮助，这是一种"精英的傲慢"。从功利的角度说，桑德尔描述的这群人，无疑称得上所谓的"精英"群体；但是我想追问在座诸位，这样的人能否担得起古往今来人们孜孜以求的"士"的称号？问题的答案自在人心。这样鲜明的反差，让我们必须重新思考"士"这个称呼的真正指向。它当然不仅仅是外在的表现，比如同学们身着的学位服，以及金灿灿的学位证书；同时，它可能也并不等同于你们已经或即将获得的财富，比如聪明的头脑、光鲜的工作、优裕的生活。真正的士，不在于占有多少资源，而在于承担多少责任。我由衷地希望，从北京大学、从经济学院走出去的你，要做一个真正的"士"。

做一个真正的士，就要有坚守初心、直道而行的"真精神"。

毕业不仅意味着自我身份的转换，也意味着所处环境的变化。如果将燕园的生活比作未名湖，水平如镜、波澜不兴，包容着一切风浪与噪声；那么燕园外的生活则更像一条奔涌的大河，你将独自流经三山五岳，其间当然有清流急湍、茂林修竹，但也会有泥泞坎坷、杂草丛生。学生时代的你，能够不假思索地吟唱出"眼底未名水，胸中黄河月"；但当你面对生活的压力、环境的浸染、外界的阻碍，还能否坚守住这份纯净的初心？你将秉持原则，还是见风使舵？你将忠于职守，还是尸位素餐？你将勤奋进取，还是阿谀奉承？你将迎难而上，还是避重逐轻？所有这些看似轻巧的回答，在行动中都并不简单，这可能需要你有事倍功半的准备，有流汗流泪的牺牲，甚至有逆风而行的决心。

幸运的是，你们并不是"孤勇者"，在中华民族上下五千年的恢宏历史中，在中国共产党百余年的峥嵘岁月里，从不缺少埋头苦干、舍身求法的人，正是他们的精神坚守，推动着中国穿越革命的枪林弹雨、改革的历史洪流，巍然屹立于世界东方。作为他们的后辈，你们当然是人格独立的个体，也有选择的自由与权利，但是在做出选择前，请记得，"目失镜，则无以正须眉；身失道，则无以知迷惑"。

做一个真正的士，就要有见微知著、理性思考的"真本领"。

我们生活在一个瞬息万变的时代，人工智能、生物技术、大数据科学的高速发展不仅深刻改变着社会的生产方式、生活方式和组织形式，也在潜移默化地影响着世界的情感交流与信息传递过程。许多你们从父辈那里接受的"真知灼见"、从师长那里接受的不言自明的"真理"，都可能被实质性地改写甚至推翻；而许多长期以来困扰人类社会的重大公共议题，例如效率与公平、合作与竞争、短期利益与长期福利等，则将继续，甚至更为迫切地需要你们的回应。

作为"士"的群体，特别是从北京大学这所世界一流学府走出去的士，诸位同学已经掌握了更丰富的知识、更前沿的技术、更开阔的视野，因而你们更有机会也更有能力，为他人、为社会、为我们的未来创造更大的可能性。2020年，北京大学经济学院与新结构经济学研究院一道创办"林班"，因为我们都坚信，经济学是经世致用的学问，只有理论的自主创新，方能引领实践的真进步与真超越。如今，第一届"林班"已经开花结果，这是一个很好的开始；在未来的日子里，我们还将与在座的诸位同学一起，共同直面、诠释、破解社会经济难题，勇敢、理性、科学地发声。希望大家无论将来从事任何职业，都能用自己的心力、眼力和脚力，为时代创造新知识，为经济构建新模式，为社会引领新风尚。

做一个真正的士，就要有立己达人、兼济社会的"真情怀"。

多年的经济学专业训练告诉我们，要让市场在资源配置中发挥决定性作用；但是，这绝不是让适者生存、优胜劣汰成为社会唯一的生存法则。提起亚当·斯密，你们一定对他的《国富论》和"看不见的手"印象深刻；然而，在另一本风头稍逊的著作《道德情操论》中，他却这样写道：无论何时，有智慧和美德的人都愿意牺牲个人私利，来成全他的社群的公共利益。

过去几年间，北大经院以经济学综合实践、思政实践等课程为依托，带领同学们走遍祖国南北，深入乡村基层，在青山绿水中思考时代命题，在田间地头体味劳动艰辛。我也衷心地希望，在未来的学习和工作中，北大经院的同学们能够继续知行合一，将自己的根深深地扎向中国现实的土壤，将自己的智慧与热忱全部投入到为民族谋复兴、为人民谋幸福的实践当中，像一滴水汇入大海，像一颗星点缀夜空。永远不要因为学业、事业的一路高升，而与真实的世界和大众脱节；永远不要因为走得太远，忘记我们为何出发。请大家牢记习近平总书记对青年的深情寄语："用脚步丈量祖国大地，用眼睛发现中国精神，用耳朵倾听人民呼声，用内心感应时代脉搏，把对祖国血浓于水、与人民同呼吸共命运的情感贯穿学业全过程、融汇在事业追求中。"

做一个真正的士，就要有得失不论、荣辱不惊的"真气度"。

在这个充满鲜花和掌声的日子里，我何尝不想为同学们送上诸如一帆风顺、心想事成这样的祝福？但是我们彼此都清楚，人生不如意之事十之八九，未来迎接你们的，不仅有无边的风月，更有难越的关山；不仅有"时来天地皆同力"的春风得意，更有"欲渡黄河冰塞川"的艰难险阻。大历史时代的不确定性，已经为你们的奋斗之路平添了一些坎坷；而奋斗目标越是远大，坎坷就越是多见，毕竟"世之奇伟、瑰怪、非常之观，常在于险远，而人之所罕至焉"！

要真正摆脱精英的傲慢，不仅需要在得意时谦卑，意识到自我的成功亦有他人的帮扶、时运的助力；更需要在失意时坦然，避免将自我的失败转化为对他人的嫉妒、对环境的抱怨。这种面对人生起伏的淡定从容，是刻在我们民族历史深处的韧性，正如有人总结说，当灾难来临时，西方人的传说是能够救人于水火的诺亚方舟，而我们祖先的故事却是直面艰险的大禹治水、精卫填海、愚公移山。假如一定要送给年轻的你们一些祝福，那么我想应该是，祝你们在漫漫的人生路上"顺不妄喜，逆不惶馁，安不奢逸，危不惊惧，胸有惊雷而面如平湖者，可拜上将军"！

"桐花万里丹山路，雏凤清于老凤声。"我无比笃定地相信，在座的各位同学一定能够用实际行动，诠释士人的真精神、真本领、真情怀和真气度，做一个舒展的、大写的北大经院人。同学们，就让我们相会在更美好的明天！

（本文为作者在北京大学经济学院2023年毕业典礼上的讲话）

6

做适合的选择，做最好的自己

重庆大学法学院院长　黄锡生

尊敬的各位老师、各位家长、各位校友，亲爱的同学们：

大家好！

黄葛花开，又是一年毕业季；玉兰飘香，恰好道别再见时。此时此刻，我心里泛起丝丝的惆怅，脑海翻起微微的波浪。丝丝线线，勾勒出同学们朝气蓬勃充满希望的各种画面；微微点点，闪烁着同学们顽强拼搏充满智慧的无数瞬间。

今天是一个好日子，大家欢聚在这里举行2023届毕业典礼，在此我谨代表法学院的全体师生向毕业的128名本科生、166名硕士生、10名博士生，共304名毕业同学表示热烈的祝贺：祝贺你们学业有成，顺利毕业！同时，我提议对关心、支持、培养同学们的全体教职员工和亲朋好友表示衷心的感谢，道一声：你们辛苦了！

今天的毕业典礼，是你们成长路上的重要里程碑，也是走向未来的新起点。临别之时，作为院长履行职务，总要再啰唆几句。为此，我想在此与大家分享一点人生心得，主题是：做适合的选择，做最好的自己。观点分享如下：

1.选择决定人生，每人独一无二。

人来不来这个世界不是由自己决定的。但是，做一个什么样的人、如何度过一生则是由自己决定的。从理论上来说，每个人都有选择人生的自由和权利，每个人的人生轨迹都是自己无数个选择的结果。这就是古人所说的"命由我作，福自己求"。坦率地说，每一个人的人生经历和所面临的客观环境是不一样的，既有生存环境的差别，也有先天禀赋的不同，还有后天努力的分别。因此，每个人面临可供人生选择的机会是不一样的。每个人只能在可供选择的机会面前做出适合自己的最佳选择，这就是我们通常所说的人生命运。

德国哲学家莱布尼茨说"世界上没有两片相同的树叶"。世界上也没有两个相同命运的人。人生不同，命运殊异。每个人都是独一无二的个体，都有自己存在的理由和价值。故，人生不可比较，自强自信，做最好的自己才是人生常道。学校教育的本质和目的就在于因材施教，开发每个人独一无二的潜能。即不仅使每一个受教育者掌握自己的专业技能，更要培养每一个受教育者具有一颗独立思考、富有人文情怀的心灵。

2.适合就是最佳，尽力便是成功。

在人生历程中，我们将面临无数的选择：有的选择随心所欲，有的选择则迫于无奈；有的选择力不从心，有的选择则绰绰有余；有的选择明明白白，有的选择则糊里糊涂；有的选择一帆风顺，有的选择则一败涂地；有的选择收获满满，有的选择则一无所获。由此可见，选择有道，大有技巧；做人有度，做事有则。做人要有三度：温度、气度、风度。俗语说：能力不敌温度，精明不敌气度，外貌不敌风度。行为有度，欢笑无数。做事要合三则：情、理、法。合情则皆大欢喜，合理则走遍天下，合法则心无惧怕。行为有则，方为智者。无违良知与法律是做选择时必须遵守的最基本原则，也是做人做事的两条底线。

每一个人都是在一定时空条件下根据个人的情况做出相对适合的选择。适合的选择就是符合客观环境、自身条件和主观愿望的最佳方案。最适合自己的选择才能带来最好的结果。所以，人生选择没有统一的标准答案，没有绝对的对与错、是与非，只有相对的适合与不适合。正如某广告语所说："只选对的，不买贵的"，这可以说悟出了选择的真谛。适合你的就是最好的，一切都是最好的安排。你若尽力，便是成功；你若知足，便是富有；你若平安，便是幸福。

3. 认知决定选择，学习提升认知。

《道德经》说："知人者智，自知者明；胜人者有力，自胜者强。"有什么样的认知能力就会有什么样的人生选择。认知能力是人生选择的前提和基础，学习是提升认知能力的最重要途径。诸葛亮的《诫子书》云："夫君子之行，静以修身，俭以养德，非淡泊无以明志，非宁静无以致远。夫学须静也，才须学也，非学无以广才，非志无以成学。"因此，要做最好的自己，必须保持终身学习，修身养性。只有不断学习，才能使我们在面临人生岔道时有足够的智慧和能力做出适合自己的人生选择。人生之路选择很多，但关键之处通常只有几步：求学、就业和婚姻。求学奠定终身选择的基础，就业决定事业发展的方向，婚姻筑起家庭幸福的港湾。愿我们每一个同学都能在这关键的几步做出适合自己的选择！愿你终身学习有智慧，愿你事业如意凯歌回，愿你婚姻美满比翼飞！

4. 选择着眼长远，符合国家需求。

《公羊传》道："思欲近，近则精，虑欲远，远则周。"在这个竞争激烈的时代，有些人心浮气躁，缺乏耐心；急功近利，只顾眼前；自视太高，目空一切。他们没有形成真正的世界观和大格局，缺乏对未来的预见力和洞察力。因而，在人生选择中往往不能抓住机会并做出适合的选择，不可能成就最好的自己。当前我国正处全面依法治国的大好时机，同学们生逢其时，大有可为。希望同学们能够成为具有家国情怀的法治人才，深刻了解中国法治建设的独特性，继承发扬我国法治建设经验，对中国法治实践需求做出回应，选择到最需要的地方和岗位，将对法学理论和法治实践的思考扎根于中国大地。希望同学们能够在明确职业目标和人生理想的前提下，积极关注国家和社会的发展方向，制定合理的规划和行动步骤，使自身选择与国家需要紧密契合，做到"好风凭借力，送我上青云"。

5. 选择只是方向，成功更需努力。

正确的选择只是成功的前提，不懈的努力才是成功的保障。人生的道路除了鲜花与阳光，亦有荆棘和泥泞，在前行的途中难免会遇到各种挫折和挑战，我们不可能在每个选择上都做出完美的决策。成功不是终点，失败并非末日，胜败乃兵家之常事。战胜困难最重要的是，要有百折不挠的精神和勇气。请相信失败并不可怕，打不倒你的，终将使你更强大。只要你们能够坚守初心、勇于尝试，总结经验、调整策略，并不断锤炼自身意志和品质，一定能够找出并走向最适合自己的那条康庄大道，一定能够超越自我，成为最好的自己。

亲爱的同学们，毕业不是结束，而是新的开始。你们即将离开法学院的怀抱、告别重庆大学这座象牙塔，踏上人生新征程。今后无论选择法律职业，还是其他行业，希望你们都能够信仰法律，秉承"耐劳苦、尚俭朴、勤学业、爱国家"的校训，坚持"法古今圣贤修身养性，学中外智慧治国安邦"的法学理念，做一个堂堂正正、踏踏实实、受人尊敬的重大法律人，为法治中国的建设，为中华民族伟大复兴作出自己应有的贡献！

我很高兴地告诉大家，我已年近花甲，担任法学院院长九年了，即将"毕业"转岗，结束我长达二十五年多的行政服务岗位。与大家不同的是我没有院长毕业证书，功过是非，任人评说，合格与否，全凭口碑。金杯银杯，不如大家的口碑；此证彼证，不如大家的心证。不过，我可以自豪地说：已经尽力了！

同学们，此去必经年，烟波浩渺间；山水有相逢，望君多珍重！无论穷与达，学院是你家；常思长相忆，永远无心距。

同学们，再见了！衷心祝愿你们在未来的道路上前程似锦，心想事成！

谢谢大家！

（本文为作者在重庆大学法学院 2023 年毕业典礼上的讲话）

7

要诗意地生活

同济大学外国语学院院长　吴赟

2023 届毕业生们：

下午好！

今天，2023 年 6 月 29 日，我们共聚一堂，欢庆你们人生中的重要时刻。祝贺每一位同学，你们毕业了！

四年里，你们在同济校园，在教室、食堂、宿舍之间，度过每一个平凡而忙碌的日子，那些曾经的汗水和泪水，那些挑灯夜战的努力和携手向前的默契，陪伴着你们从少年到青年的蜕变，也见证着你们今天在经纬楼特别的喜悦。

尼采说，每一个不曾起舞的日子，都是对生命的辜负。穿上学位服，大家充满感情的回望，会发现正是那每一个平凡而努力的日子串联起你们精彩的大学故事，成就如今生命中重要的时间刻度。这一场毕业典礼，是欢聚，是离别，是对过往努力的纪念，也是再出发，宣告你们将开始未来风云激荡、千帆启航的人生。

在这个重要的时刻，作为院长，我还是要老生常谈地再叮嘱几句。我把自己很喜欢的一句名言送给大家："生命充满了劳绩，但还要诗意地栖居在这块土地上。"希望各位同学，无论未来的世界是什么样子，你们每一位都要心怀诗意地生活。

"诗意"这两个字，可能大家会觉得太过虚无缥缈，是一个太过奢侈的名词。其实不是。要诗意地生活，意思是无论未来如何历尽千帆，要始终内心坚定，坚定于自己的信仰。你们成长于一个充满着不确定性的时代。之前从未有过哪个时代像现在这样，充满了变动与更新；百年未有之大变局，chatGPT的问世，各个行业的内卷，人类似乎从未有过如此多的竞争，来淬炼你们成长的抉择；物质的富足，媒介的便捷，无论想要什么，手机在手，就是拥有了一个世界，人类似乎从未有过如此多的诱惑，来考验你们年轻的意志。不过，生活的不确定性，正是我们希望的来源。

因此，在你们走入社会之际，我想说的是，请坚守住你们曾经的激情和理想，它们是你们的心之所向，是人生诗意的源泉。这里的理想，指的并不是偏安一隅的富贵和安逸，而是"为天地立心，为生民立命，为往圣继绝学，为万世开太平"的浩然之气，是始终奔腾在同济人血脉里的精神气质。请你们始终记得，同济在走过的百余年里，一直与中华民族命运休戚与共，与祖国科教事业心手相牵，与上海城市发展相濡以沫。请你们始终记得，未来，无论你们走到哪里，能够始终保有同济的精神与信仰，素朴而赤诚地生活，做好国家的擎天柱。也请你们始终记得，你们走过的路，就是中国青年不断前行的写照，也将映照未来中国发展的轨迹。也许这样的你们，会被人说不够圆滑，不够世俗，会劳筋骨苦心志，但是请相信，这样的你们，会清明地看待纷争的世界，会抚平所有的焦躁与不安，会拥有丰沛而最为饱满的内心。这也是人生最为本质的诗意。

要诗意地生活，意思也是无论未来如何变动不居，要始终心怀热爱，珍惜人世间的美好。你们的老校友，现代美学大师宗白华这样告诉我们：诗意是什么？诗意就在"细雨下点碎落花声"之中，就在"微风里飘来流水音"之中，就在"蓝空天末摇摇欲坠的孤星"之中。宗白华的时代，是那么贫穷，山河破碎，满目疮痍，他在硝烟和瓦砾中辗转流离，却一直说"我爱光，我爱海，我爱人间的温暖，我爱群众里千万心灵一致紧张而有力的热情"。在他眼里，自然的真，人类的光和爱和热都是开阔而深沉的诗意所在，是对生命终极意义的发现和感悟。

同样是同济人，同学们，当你们开始习惯朝九晚五，当你们发现生活只是日复一日的重复，无论是琐碎的柴米油盐，还是奢靡的锦衣玉食，都请你们不要在平庸的现实中变得麻木，不要让思想的田园荒芜，因为生活的诗意并不是从物质的土壤上生长出来的。穆罕默德说："如果你有两块面包，你得用其中一块去换一朵水仙花。"所以，诗意地生活，是心灵对美的发现与感知；是一箪食，一瓢饮，在陋巷，不改其乐；是独立和充实的精神内核，是真正地热爱这个世界，这样才不负在人世走一遭。

所以，同学们，请始终记得，去感知四季的美，春花秋月夏荷冬雪，在最朴素的景观中找寻芳菲与真趣，去消解生活中的单调与浮躁。请始终记得，去感知人情的善，去追求热烈的爱情，去付出，全力以赴，因为唯有生长在爱中，才有创造的灵感，那些至情至性、至亲至近的联系是生活的灵魂所在。也请始终记得，去珍惜同学之谊，同校之缘，从今往后，带着同济校友的标签，希望你们也将和千千万的校友一样，让有限的"小我"和无限的"大我"交融，即便未来风雨如晦，也要去感受人生的光亮与热爱，把自己的光和热播撒给所有遇到的人，让我们身处的世界成为更有诗意的居所。

同学们，从今以后，你们将各自启程，各自成就新的精彩。祝愿你们到达心之所至，抒写自己诗意的生活！

谢谢大家！

（本文为作者在同济大学外国语学院2023年毕业典礼上的讲话）

8

不要陷入自我诊断和自我认同的泥坑

上海大学社会学院教授、秋白书院院长　肖瑛

亲爱的2023届同学，尊敬的各位来宾，同事们，大家上午好！

学校安排我在今天的典礼上代表教师给2023届毕业生说几句话。说实话，我心里特别忐忑。第一，这个空间太大，比我的教室大多了。第二，我还记得很多年以前，我在社会学院的毕业典礼上致辞，写好后给我读小学的娃儿看，让他评价一下怎么样，他给了我三个字"一般般"，让我备受打击，所以前两天我把讲稿写好之后，就不敢给已经初中毕业的他看了。后生可畏。面对你们的时候，我该说什么，左思右想，我还是给大家聊聊最近几年，敦促我去思考的一些再普通不过的人和事。

去年暑假，你们的一位2014级学姐来看我。闲聊间她表示"某某老师不太理解年轻人。"我很诧异，此话从何说起？她说，在一次关于抑郁的座谈会上，一位老师提出，现在的年轻人压力大，要多关心和关爱他们，关注他们的心理健康，但这位老师说，没啥可关心和在乎的。我听后莞尔，说："你所说的不关心你们的老师，恰恰是真正关心你们的老师。"她

也很诧异。我解释说："你们不觉得你们今天身上的负担，除了绩点、学分、升学、就业、薪水、晋升，更为沉重的是，你们越来越被各种身体管理、心理管理的知识所'关心'，你们自己也以这些知识来'关心'自己吗？你们试图用这些知识来解脱现实给你们的负担，其实不正是给自己制造新的紧张、焦虑和负担吗？"这位老师口中的"没啥可关心和在乎的"，其实是暗示大伙儿不要陷入这种自我诊断和自我认同的泥坑。我们大多数的年轻人若不在乎这类被"关心"或自我关心的方式，糊涂一点，朴素一点，不仅心理的重压而且现实的重压都可能舒缓很多。

几年前，我在调查中结识了你们的一位学姐，她是业主权利的积极维护者。但在交流中，我发现她的权利意识似乎是以自己为正义、道德的，而对方不是好人的预设为基础；虽然并无充分的真凭实据，对方认为她只提要求不参与社区建设，也不是好人。这让双方很难心平气和、开诚布公地沟通。与此相对的是去年上半年我亲身经历的事情。我楼下邻居感染了，整栋楼居民不是避之唯恐不及，而是一起鼓励和帮助他们，感染的邻居也每天通报病情进展、防护措施，结果疫情没有扩散，邻里关系更为和谐。解封后，楼下的邻居给每家都送上了一束花。两相对照，让我们思考rights（权利）与人情的关系。我们每一天都要跟不同的人交往，家人、同学、邻里、同事，甚至地铁上的陌生旅客，矛盾随时可能上演。矛盾的起因在哪儿？很可能在于我们固执地在自己与他人之间划出正误、善恶、高下的界限，预设他人一定是自己权利和利益的侵害者，而放弃了将心比心的人之常情。这既导致我们渴望捍卫的权利在激越的权利捍卫行动中流失，也导致我们每时每刻都处在提防和厌恶他人的紧张中。其实，世界上没有那么多的敌人，多的是我们脑海中有关"敌人"的先入之见。

另一件事是关于你们一位2015级学姐成长的故事，我们有幸见证她的"无我化"进程。她2018年年底找我做导师时,我建议她跟学长去做调研,她一句"不喜欢"就拒绝了,我心中暗自叫苦,又招了一位自以为是的学生。研一时期,她同我们一起读书,但一到团建活动就失踪了。二年级时,我们导师组发现了她的细微变化,不再冷若冰霜,而是会笑了。二年级下半年,她两周一次来我办公室谈她的研究。她感兴趣的领域和文本我没读过,很难抽象地去理解和指导,所以每次都是她给我上课,我做笔记,然后讨论:我跟她说:"你的文本我不大懂,我的任务就是引导你走出你的畛域,吸纳更丰富的想象力和视野,心无块垒地思考。"去年3月,上海大学进入历史上最艰难的时期,很多同学的生活、学习和心理都受到影响,但她写出了一篇非常优秀的硕士学位论文。后来我得知,她论文最精彩的部分是她在流离于不同教室打地铺的间隙写就的。硕士毕业后,她爱上了调查。最近,她给我读她写的一篇文章,相比于我们写论文时字斟句酌以致紧绷的表达,她的文字是放松的,我从其字里行间读到的是举重若轻、风轻云淡。这个娃不是标准意义上的好学生,没申请过项目、没拿过奖学金,也没做过学生干部,但她的人生态度是我敬重和钦佩的,也是我自我观照的镜子。她发自内心地去喜欢并去做一件事情,不为任何外在目的。当然,她不拒绝因自己的成就而获得的奖励和赞赏,但不以此为谋,更不会流连其中患得患失。可以说,她走在"不以物喜,不以己悲"的路上。因为如此,她在一定程度上超越了很多同学深陷其中的"卷",她的人生之路少了很多年轻人难以规避的挫折之"坑"。我相信,她会在自己选择的道路上走得很坦然,也很坚定。

这些人和事,或许我们每个人都能在自己身上或者身边找到,俯拾即是,稀松平常。我知道,很多年轻人不管是忙碌还是松懈都在困惑,都纠结于找不到真正的自我,找不到生活的意义。原因固然各种各样,譬如选择太多,譬如有啃老的资本,譬如理想很丰满现实很骨感……诸如此类。但我想说,归根结底,还是我们太溺爱自我。要么以为眼下的功利和荣誉就是自我的本质,在体制定义好的"成功"轨道上忘乎所以地狂奔,一旦未能如愿就弹射出挫折感和失败感;要么将自己的rights(权利)放大到目中无人的地步,或满脑子的被迫害感,以致同社会和传统不分青红皂白地隔离甚至敌对;当在各类狂迷中稍微回过神时,又不由自主地援引各种理念、知识来怀疑自我、怀疑人生。其实,走出这些虚幻的自我才可能接近最好最真的自我。并且,走出自我的效果不是躺平,而是不懈生命动力静水流深的滋养和流淌。

我说了这么多,其实就一个愿望:你们一定要幸福!

(本文为作者在上海大学社会学院2023年毕业典礼上的讲话)

校友篇

1

同学们，江湖再见！

武汉大学校友　小米CEO　雷军

尊敬的黄泰岩书记、张平文校长，尊敬的母校老师们，亲爱的同学们：

大家好！能够受邀在母校的毕业典礼上致辞，对我来说是至高无上的荣誉。此时此刻，三十多年前在武大求学的一幕一幕，全部涌现在我脑海里。新生报到的那天，我第一次走在樱花大道上，阳光灿烂，风景如画，路边的樱园建筑群，古朴典雅，巍峨壮观，我一下子就爱上了武大。

武大四年，最难忘的是大一的时候，在图书馆里看了一本书，叫《硅谷之火》，这本书帮我建立了一生的梦想。

珞珈山，就这样永久留在我的记忆里。

同学们，作为学长，首先，我要向大家致以最诚挚最热烈的祝贺，祝贺大家顺利完成学业踏上人生全新的旅程！

大家此刻一定非常激动，同时又有点忐忑。其实，相比那个时候的我们，此刻的你们，拥有我们以前无法想象的知识和眼界，也面对我们以前无法想象的广阔而复杂的世界。

各位即将远行，我跟大家分享两条感悟。

一、相信自己，每个人的人生都有无限可能！

我在武大学的是计算机软件，我也特别热爱编程。我曾经以为，我会做一辈子程序员。实际上，我的人生是这样的：

一毕业就参与了金山软件的创业，如愿做了一名程序员。

28 岁的时候，我做了金山 CEO。真的不是我厉害，纯粹是个意外。当时董事会没有找到合适的人，就决定让我先顶上。就这样，我从程序员走上了管理岗位。

31 岁的时候，我创办了卓越网，做了电商。

40 岁的时候，我创办小米，做了手机。

51 岁的时候，我决定人生最后一次创业，做汽车！

从软件到电商，再到手机，再到汽车，空前的跨度，更是空前的难度。每次回头看，都不知道哪来的勇气。同学们，真的是武大给的勇气。武大的第一课，就教会了我人生最重要的一个道理。

我到现在都记得，三十六年前，新生报到的第一个晚上，我去了新四楼自习。隔壁教室欢声笑语、人声鼎沸，我就去看热闹。那时化学系正在举办迎新活动，刚从国外回来的一位老教授正在传授经验，他说："有的同学上了化学系，思想负担比较重，担心将来不好找工作。其实，大学里，最重要的还不是学知识，而是掌握学习方法。只要会学习，无论做什么，你都能胜任。"这句话真的醍醐灌顶，给我打通了任督二脉。原来，学习能力比知识更重要。

这就是我在武大上的第一课，也是最重要的一课。因为拥有了这些能力，在以后的职业生涯中，面对任何未知领域，我都拥有了莫名的自信。

同学们，能够进入武汉大学并顺利完成学业，就证明大家已经掌握了学习的方法，已经拥有了实现一切成就所需要的最重要的能力。难道，这还不足以让你对未来充满信心吗？

所以，无论什么时候，无论经历什么样的人生，我都希望大家，永远保持自信！

二、不仅要有梦想，更要有一步一步可实现的目标！

2010年，我创办了小米，立志要做全球最好的手机。

这是一个很疯狂的梦想，具体怎么干呢？当时，我不太懂硬件，就先从软件开始，先干操作系统！操作系统很复杂，工程量依然相当庞大，我们决定先把最常用的四个功能做好。

就这样，仅仅两个月时间，MIUI的第一版就做出来了。做好后我们没有着急推广，而是先找到100个用户，先让这100个人用起来。就这样，一个看似不靠谱的梦想，就被分解成了一步又一步可实现的目标。

同学们，人生也是如此，路是一步一步走的，连起来就是我们的成长旅程。合理地设定一个又一个目标，这些目标一开始不用太大，但这些目标的不断达成，就是我们成就感和幸福感的源泉。

同学们，不管你今天的梦想是什么，我都真诚祝福你，祝你梦想成真，祝你拥有一个快乐而充实的人生。

最后，我想跟大家说，这是个正在快速变化的时代，AI大模型带来的革命，正扑面而来。过去几个月，我也花了很多时间学习。我相信，在座的同学们中，一定有人懂得比我更多、理解得比我更深。毫无疑问，这是一个全新的时代，更是属于你们的时代，你们一定会取得更大的成就。积极拥抱这个全新的时代，扬帆起航！

同学们，毕业快乐！更广阔的世界正等着你们探索！同学们，江湖再见！谢谢大家！

（本文为作者在武汉大学2023年毕业典礼上的讲话）

2

迎接人生的一蓑烟雨

安徽大学校友　南京大学文学院教授　莫砺锋

各位老师，各位同学，各位校友：

　　首先，请允许我以一位老校友的身份，向大家致以节日的祝贺！学校是培育人才的机构，学校向社会贡献的产品就是毕业生，毕业典礼是全校师生庆祝丰收的盛大节日。况且本届毕业生经历了三年抗疫的艰难时世，你们顺利毕业如同大灾之年获得丰收，无论是老师还是学生，都为此付出了加倍的努力，丰收来之不易，尤其值得庆贺。其次，请允许我对母校邀请我参加今天的隆重典礼表示感谢！我是一个并未在母校获得毕业证书的肄业学生，我现在从事的专业是中国古代文学，又专攻古典诗歌，行业公理是"诗穷而后工"，我没有财力向母校捐款设立奖学金或奖教金。我平时的工作是坐冷板凳和钻故纸堆，也没有可能作出重大的社会贡献来为母校增添光彩。母校选中我这个非常平庸的校友到典礼上来致辞，说明她具有对全体学生一视同仁的宽容胸怀。

　　母校对我的宽容从我入学之前就开始了。1977年12月，当时我是安徽省泗县汴河公社的插队知青，已在农村种地十年。得知高考恢复，我便跑到公社报名。没想到招生简章上有一条规定：考生年龄不得超过25周岁，个别学有专长的才可适当放宽。当时我已经28周岁，又没有任何专长！有个公社干部比较同情我，说我常读英文书，说明英语是我的专长，文教干事便同意我报考外语系科。当时的我早已丧失了十一年前高中毕业时"清华北望气如山"的豪情，便依次填报了安大、安师大和宿州师专的外语系。发榜以后，名落孙山。幸而国家出台了新政策，要求各校补录一些能自己解决住宿的走读生。我在合肥、芜湖和宿州三地都是举目无亲，无法提供自己能解决住宿的证明，也就没有提出申请。没想到过了不久，我却收到了安大外语系的录取通知书。1978年4月2日，我走进安大，住进学校提供的宿舍。我这个并不专长英语又无法自行解决住宿的落榜生从此成为安大外语系1977级学生，这是母校对我的第一次宽容。

一年以后，外语系1977级的快班中有几个尖子生要求提前报考研究生，消息传到我班，同学们鼓励我也试一试。我听说研究生的助学金比本科生高出一倍，怦然心动，便跑到省教育厅去查看各著名大学的招生目录。初选的志愿是南京大学外文系的英美文学专业，因没学过第二外语而无法报考，于是临时起念改报南大中文系的中国古代文学。照理说安大完全可以拒绝我的报考请求，因为我的考研不仅提前，而且跨专业。但学校先让我到中文系去接受一场为我专设的面试，两位素昧平生的老师就中国古代文学的常识盘问我一个小时，第二天校方便同意我报考。4月12日报名，6月2日开考，只剩一个半月左右的复习时间。我觉得考试科目中的中国文学史等三门专业课需要复习，便向罗以康老师请求让我在他讲授的英语精读课上"身在曹营心在汉"，偷偷地看中文参考书。结果我侥幸被南大录取，9月中旬便离开安大。从报名到备考，安大对我一路绿灯，这是母校对我的第二次宽容。日后我几次回到母校，看到那熟悉的教学楼与文科西楼，心怀感恩，感慨万千。

那么，除了感恩母校以外，我还想对在场的毕业生说些什么呢？三句不离本行，我就从我所从事的专业说起。从1984年博士毕业留校任教开始，我在南大教了近四十年的古代文学。我学术研究的主攻方向是唐宋诗歌，我最热爱的古代诗人是杜少陵与苏东坡。我是东坡的异代粉丝，我觉得在中国古代圣哲中，东坡是最可敬佩、最可亲近的千古一人。我曾到黄州、惠州、儋州去瞻仰东坡的遗迹，想到东坡生平遭受的艰难困苦，真是悲愤填膺。东坡谪居黄州后，不但心情凄苦，而且生活艰难。他被迫开荒种地，可惜黄州官府借给他耕种的那块荒地本非农田，面积虽有四十多亩，打下的稻谷却不够全家二十多人的口粮。当我读到他的《东坡八首》《寒食雨》等描写艰难生计的作品时，我既感辛酸，又生遗憾。我遗憾的是我不能像如今的年轻人那样学会穿越！要是我学会穿越的话，我一定立马奔赴北宋的黄州，去帮助东坡种地。我年轻时当过十年农民，早已练出一身插秧割稻的好本领。以我这种狂热粉丝的劲头，我哪怕累瘫在地，也要帮东坡种出足够他全家充饥的稻谷来！可惜我至今没有学会穿越，于是十一世纪的东坡站在黄州城东的山坡上朝着未来眺望，二十一世纪的粉丝莫砺锋却不见踪影。

到了1082年，东坡听从黄州土著朋友的劝告，决定自己买块好地来耕种。三月初七清晨，两个朋友来到苏家，陪同东坡前往二十里外的沙湖去相田。途中突遇风雨，既没有雨具，又路滑难行，两个朋友狼狈不堪。只有东坡不慌不忙，从容淡定。他足蹬草鞋，手持竹竿，步履坚定，冒雨前行。因为他知道风雨是暂时的，不久就会雨散云收。果然，下午他们返回时，天气早已转晴。东坡此行没有买成那块稻田，但催生了苏词名篇《定风波》，其中的警句便是"一蓑烟雨任平生"！"一蓑烟雨"四字淡淡说来，其实它不仅指在自然界中不期而遇的斜风细雨，也包括"乌台诗案"那种政治上的狂风暴雨，东坡一概以平常心看待之。《定风波》不是艺术水平最高的东坡词，也不是最好的东坡黄州词，但是我格外喜爱它，视它为人生格言。在今天的典礼上，我想引用此词作为送给全体毕业生的临别赠言。

我知道，九千多位毕业生中，也许有少数命运的宠儿，他们今后的人生道路会铺满鲜花，我愿意祝福他们。但是我相信多数同学都与我一样，我们只是普通人，我们是芸芸众生，凡夫俗子。普通人当然会有普通的命运，我们没有口衔金汤匙来到人间，我们的人生道路不会一帆风顺。命运具有不容置辩的强迫性，像贝多芬那样的豪杰之士也许能扼住命运的咽喉，我们普通人却很难做到。命运又具有毫无逻辑的偶然性，一千五百年前，《神灭论》的作者范缜与竟陵王萧子良在南京城里谈论命运的话题。子良问范缜：你不信因果报应，那怎会有富贵贫贱的差别？范缜回答：人生就像树上随风飘落的花瓣，落到何处纯属偶然。我们普通人像花瓣飘落一样来到世间，只能顺从命运的安排，我们无法回避人生道路上的各种坎坷或挫折。换句话说，我们在人生道路上总会遇到一些风风雨雨，总会暂时处于人生的低谷甚至逆境。既然无法回避，那么如何应对？东坡为我们提供了一个光辉的典范。"一蓑烟雨任平生"既不是消沉，更不是放弃，而是以淡定从容的态度对待眼前的困境，以坚忍不拔的精神继续走向未来。东坡写出《定风波》的四年后重返朝廷，仍然一如既往地直言进谏，面折廷争。再过三年他赴任杭州知州，仍像在徐州抗洪一样勤政爱民，疏浚西湖。直到东坡去世前两个月，刚从海南归来、九死一生的他还请友人代购毛笔一百支、宣纸两千幅，准备创作更多的书画作品。

最美毕业致辞

我衷心祝愿同学们像东坡那样始终以"自强不息"的积极态度来对待人生，有所作为。我也衷心希望同学们遇到人生坎坷时以"一蓑烟雨任平生"的格言自我勉励，从容应对。最后，我愿朗诵《定风波》来结束我的致辞："莫听穿林打叶声，何妨吟啸且徐行。竹杖芒鞋轻胜马，谁怕？一蓑烟雨任平生。料峭春风吹酒醒，微冷。山头斜照却相迎。回首向来萧瑟处，归去，也无风雨也无晴。"

（本文为作者在安徽大学 2023 年毕业典礼上的讲话）

3

人生是一条漫长的路

清华大学校友　商汤科技联合创始人、副总裁　杨帆

尊敬的各位领导、老师，亲爱的同学们：

大家好，我是电子系本科1999级、硕士2003级毕业生杨帆。今天，我很荣幸作为校友代表回到母校来见证同学们生命中这一个重要的时刻。首先，请允许我代表所有往届校友向你们表示最衷心的祝贺和诚挚的祝福！

我和大家一样，也是9字班，今年是我本科毕业的20周年。在社会上摸爬滚打了二十年之后，回头看在清华校园的日子，是我人生中最值得珍惜怀念的一段时光。那些日夜苦读的岁月，那些与老师和同学们共同探索知识的点滴，都深深地烙印在我的记忆中。在此我想请大家环视左右的兄弟姐妹，他们将是你们在未来的人生道路上重要的伙伴、战友、同行者。

作为清华的毕业生，你们不仅是学术精英，更是时代的脊梁，把个人成长融入国家和民族的命运，是清华人的光荣传统。一代人有一代人的历史使命，今天的中国已经走到了一个重要的新时代关口，未来的科技创新、产业升级、需要有更多优秀的人才以之作为使命而勇于投入和担当。

我相信清华电子系的学生，对于这样的职责应该有一种当仁不让、舍我其谁的精神。最近几年我因为工作关系，大量地接触到了国家科技创新领域的组织、人员，其中就有非常多电子系的师兄师姐、师弟师妹。他们中有在外企工作几十年的技术专家毅然选择创业打造我们自己的产品；也有多年在国有系统内持续奋斗推动更大范围的产业影响力；还有学术、企业两栖，打通新时代产学研用的。我希望二十年后当你们回首来看，你们也是历史的见证者、创造者、践行者。

当你们走上社会，你们会发现大部分的清华学生有一种特质，这种特质会让你们在人群中格外显眼而与众不同。那就是专注，不过分追求事情的结果，而是专注于做好手头的每一件事情，自我要求，精益求精。这是清华给到我们每个人宝贵的财富，无论是学习还是科研，只有全身心投入其中，才能取得真正的进步和突破。在未来的职业生涯中，希望你们也能始终保持这份专注和认真，不断追求卓越。

人生是一条漫长的路。当我们老去，是哪些事情让我们无悔于这一生，是哪些追求让我们达到内心的安宁与满足。这是一个每个人都值得现在就开始去思考的问题。每个人都有自己的故事和经历，每个人都有自己独特的人生轨迹，我们不能用自己的标准去评判别人的生活，更无法用别人的好恶来代替自己的追求。我希望在座的每位同学都能够真诚地明了自己的内心，坚定地为之努力付出，开心地享受自己生命中属于自己的每一点成功与苦难、每一份美好与心酸。

最后，清华是一个团结友爱的大家族，电子系是其中温馨友爱的小家庭。希望大家在未来的工作和学习过程中，多和系友校友联络交流，既不羞涩于在需要的时候向系友校友请求帮助，也不吝惜于向别人伸出援助之手。有时间的话，常回系里看看，蹭蹭系里免费的报告。

竹杖芒鞋轻胜马,一蓑烟雨任平生。希望在未来人生理想实践的历程中,能够跟大家一起携手向前。

谢谢。

(本文为作者在清华大学2023年毕业典礼上的讲话)

4

真正的精彩

湖南师大物理系校友　中国科学院院士　国家海洋局第二海洋研究所研究员、博士生导师　陈大可

各位同学：

我是湖南师大物理系1977级校友陈大可。很荣幸在你们的毕业典礼上作为学长发言，祝贺你们顺利完成学业，也衷心祝愿你们前程似锦。

这是你们生命中的精彩一刻，过去的努力已经结出硕果，未来的航船即将扬帆启程。看到你们，我不禁回想起四十一年前的自己。作为恢复高考后的第一批大学毕业生，我正是从这里出发，开始了波澜壮阔的科学探索之旅。大学毕业后我一直从事物理海洋学研究，足迹遍布七大洲五大洋，曾长期受聘为哥伦比亚大学教授和卫星海洋环境动力学国家重点实验室主任，在近海、大洋和气候研究领域都有所建树，也在国际和国家层面上推动了一系列海洋和极地研究计划。一路走来，虽然挑战不断，但也精彩纷呈，基本实现了年轻时的梦想。感慨之余，想跟你们讨论一下，怎样才能活出你们各自的精彩。

首先，我们需要界定什么样的人生才称得上精彩。尽管每个人都有自己的活法，都有自己对精彩的定义，但我认为精彩的人生应该包含至少三个要素。第一是实现自我价值。找到自己的兴趣点和长处所在，孜孜以求，做几件真正属于自己的漂亮的工作。第二是享受亲情和友情。平衡家庭与事业的关系，关爱亲人，善待朋友，分享生活中的各种"小确幸"。第三是服务社会发展。在满足个人追求的同时，有责任心，有担当，有悲天悯人的情怀。在当前世界百年未有之大变局中，这一点尤为重要。有了这三个要素，才能活得丰富而精彩。

其次，我们谈谈怎样去实现精彩人生。我觉得有这样几条比较重要。第一是自信。你们今天能够从湖南师大毕业，说明已经具备了基本的科学和人文素养。人的潜能巨大，一定要相信自己的能力。第二是坚持。一旦方向确定，就要坚持到底。精彩是风雨后的彩虹，是长期摸索后的灵光一现。没有平淡的坚持，便无所谓精彩。第三是有格局。尽量开拓视野，不计较眼前得失。要关心天下大事，关心国家和民族的命运。第四是保持好奇心。不妨培养一些业余爱好，例如琴棋书画、竞技体育，不仅丰富生活，而且触类旁通，有助于专业发展。如能做到这几条，一定能活出你的精彩。

最后，我想说说湖南师大的传统以及作为一个师大人的使命。湖南师大历史悠久，人才辈出，具有深厚的文化底蕴和开拓精神。前几年我回来参加师大的八十周年校庆，见到了很多杰出校友，也一起分享了成功的经验。我们那几届学生之所以成才率比较高，一个非常重要的原因就是大家都雄心勃勃，心怀天下。所以说，我们还是要有一点精神，还是要志存高远，仰望星空，这样才能无愧于自己，无愧于家人，无愧于师长，无愧于国家，无愧于这个时代。你们今后无论走到哪里，身上都会保留湖南师大的烙印。只要你们尽力活出各自的精彩,但行前路,无问东西,就是为母校增光添彩。

(本文为作者在湖南师范大学 2023 年毕业典礼上的讲话)

5

从教育学中去

华东师范大学校友　汪靖

尊敬的各位领导，亲爱的老师、同学们：

大家好！很荣幸今天能作为校友代表在这里发言。首先，我想恭喜在座的同学们，你们顺利地完成了学业，即将开始人生的下一段旅程，未来是属于你们的！毫无疑问，能在华东师大求学是幸运且幸福的。十多年前，我迈入华东师大校门，未曾想过教育学将会成为我一生的关键词。随着年岁的增加，我越发感受到华师大在我身上留下的深深烙印，在这里，我领略了人类文明的崇山峻岭，点燃了内心对于知识的渴求，坚定了从事教育研究事业的决心。因此，我想深深地对母校说一声谢谢，感谢母校对我的栽培，感谢曾经的师友。

其次，我必须承认，我只是华师大众多优秀学子中平凡的一个，忝列"优秀校友"之列。所以我也想，为什么华师大要邀请我作为致辞嘉宾。思来想去，我作为一个青年科研工作者，可能能为各位学弟学妹分享一些更贴近年轻人的感想。在此，我总结了三点感悟与大家分享。

第一，在教育学中寻找人生方向。

选择教育的人，往往是有情怀的人。作为教育学部的一员，我想在座的大多数同学会和我一样，将教育作为自己未来的事业。不论我们以何种身份参与教育，我们都应该感谢这个时代，建成教育强国的蓝图让中国教育成为一片热土，等待着各位去深耕、去探索。当然，我们更要认识到，当前还存在许多的教育问题等待着我们去解决，如何深化教育改革，如何促进教育公平，如何推进中国式教育现代化，等等，这些不仅是值得探讨的教育话题，也是我们教育学专业的学子们肩上的使命和责任。用我们的青春和奋斗为教育擘画未来，我期待着与你们同行。

第二，从教育学中汲取人生智慧。

同学们，我不得不承认，现在毕业后面临着复杂、严峻的就业环境。换句话说，越来越"内卷"了。毕业这枚硬币的正面看似是画下休止符的如释重负，是开启新生活的无限遐想，但它的背面是未知，是新的挑战和压力。因此，对于优秀的你们，我也想提醒你们如何正确地面对失败和挫折。其实，这个问题的答案有很多，而选择教育学专业的我们是幸运的，因为无数的教育学家正在告诉我们答案——成长型思维、批判创新能力、学会学习和终身学习，等等，这些不仅是人才培养的方向，更可以成为指导我们自己人生前进的路标。

犹记得我从华东师大毕业去攻读博士学位时，语言不通的障碍和繁重的学业任务让我时常焦虑得睡不着觉，一开始我也会抱怨现状为自己找借口，后来我意识到，碰到问题如果一味抱怨其实只会陷入负能量的恶性循环，倒不如转换思维，思考怎么解决问题。后来我决定专注当下，从记录每周计划和每周小结开始，让心静下来，现在回过头一看，发现自己记下了几百份每周阅读笔记。在未来，希望学弟学妹们可以做到，欢迎挑战，拥抱变化，寻找机会，主动学习。

第三，在教育学中感知生命的花火。

教育是一门与生活密切联系的学科，"爱科研爱生活"，这是我和我学生们的微信群名，也是我想和大家分享的第三点。生活需要理性的思考，更需要细腻的感受。万物静默如谜，诗意自在你心。现在回想起在华东师大求学的日子，时隔多年，图书馆门口的秋千架和大草坪，丽娃河的春水和河畔飘扬的垂柳，河东河西食堂价廉物美的饭菜，文科大楼旁的梧桐道，依旧在记忆里闪闪发光。因此，希望大家在努力奔跑的同时，不要忘记感知这些美好，正是这些让我们的生命更加鲜活。正如苏轼所言："惟江上之清风，与山间之明月，耳得之而为声，目遇之而成色，取之无禁，用之不竭，是造物者之无尽藏也。"不论走了多远，都不要忘记热爱生活，健康饮食，注意身体。

最后，再次祝各位同学毕业快乐、前程似锦，祝各位老师工作顺利，生活幸福！我的发言到此结束，谢谢大家！

（本文为作者在华东师范大学教育学部2023年毕业典礼上的讲话）

6

爱心和艰苦奋斗

天津大学校友　盈趣科技董事长　林松华

尊敬的杨贤金书记，金东寒校长，各位老师、家长，亲爱的学妹学弟：

大家上午好！

今天是2023年6月27日，是各位学妹学弟荣耀的日子，恭喜你们！经过四年的努力终于可以出师下山了！师兄我非常荣幸地受邀站在这里。不过我可不是山上的老师父，你们也不是下山的小和尚，所有以且听且乐就好了！

上周接到这次光荣而艰巨的任务后，我想我可不能为了"人气"而乱讲一通，误导大家，但也不能给母校丢脸，讲一些"无愧天大的教诲，无愧自己的努力，无愧青春，日后为母校增光"这类大道理。那咋办？作为一名毕业于天大的本科生，与在座的部分学妹学弟一样，没有继续去深造，但我自豪，因为我们天大本科的含金量还是很高的，很多企业在招聘时还是很重视本科毕业学校的。在天大四年的学习生活，耳濡目染最多的就是"实事求是"的校训，所以我想我还是实事求是讲些实在的，讲过去十九年我在公司一直坚持讲的，大家都不爱听的爱心和艰苦奋斗。正好也契合了杨书记和金校长的毕业寄语：用奋斗扬起人生理想的风帆和在奋斗中书写天大人的时代华章。

爱是一切成功的最大秘密。

爱心和艰苦奋斗是盈趣之所以还活着的两大法宝，也是盈趣走向世界的两大利器。爱是一切成功的最大秘密！在盈趣我们是这样定义爱心的：用爱心去感染他人，虽然目的自私，但利人利己！爱是我们打开人们心扉的钥匙，也是我们抵挡仇恨之剑、愤怒之矛的盾牌；爱使挫折变得如"春水"般温和，它是我们在商场上的护身符；付出的爱越多，回报的爱也越多；我们通过爱心戒除坏习惯，养成好习惯，每天进步一点点。

今天我把这个秘密告诉大家，大家可以信，也可以不信，不过等下你们每个人都可以到西厅领师兄送的毕业礼物，一本书，书名我就不说了，以免有推销嫌疑。这本书可是我在商场上的武林秘籍，里面隐含着人类成功的秘诀，爱是一切成功的最大秘诀。大家拿回去后，可以权当小说快速翻翻；如果觉得还不错，可以花些时间仔细阅读；如果很喜欢，那就把它当作枕边的一本书，随时品尝！

当别人在睡觉时，我们在继续赶路。

"当别人在睡觉时，我们在继续赶路"这是我们盈趣对艰苦奋斗的定义。天大不好考，相信在座的大部分人为了能考上天大，在高中时一定是在别人睡觉时，自己还在继续挑夜战。上了天大原以为可以高枕无忧，结果发现天大学习氛围那么浓郁，大家都那么卷，于是也纷纷加入了晚自习抢占位子的大军。经过四年的努力，毕业了，个个意气风发，感觉良好，觉得苦日子过去了，终于可以Relax了！这时谁要是叫你努力工作，那谁就是那个不知趣、令人讨厌的人。今天师兄我就是要做那个不知趣的人，奉劝大家走出校门后还要继续保持以往艰苦奋斗的学习精神，努力工作。

　　大学的意义是让我们成为一个有独立思考能力的人。能考上天大的个个都是天之骄子，差别也不大，但很快你会发现现实社会与大学所学、所思的有很大的差距。毕业5年、10年、20年，你会发现同学的差距越来越大。人和人之间的差距，不在8小时之内，而在8小时之外。大家都知道量变引起质变的道理，但不太知道艰苦奋斗定律。那什么是艰苦奋斗定律呢？其实就是1万小时定律，在更短的时间里积累到引起质变的那个1万小时，这也是一些互联网巨头发展那么快，发展那么好的原因。

　　衷心希望大家可以用爱心和艰苦奋斗托起自己的梦，为中华民族的伟大复兴贡献天大力量！

（本文为作者在天津大学2023年毕业典礼上的讲话）

7

人生无悔，牢记初心

四川大学法学院校友　吴光

亲爱的各位老师、同学们，大家上午好！

今天，作为一名毕业生代表来到这里和大家分享一些毕业后的感悟，我感到既荣幸又惶恐。从东南门到一教的这段路程，犹如一台时光机，我从年轻的弟弟妹妹们身上看到了自己曾经的青春，也从熟悉的老师们身上望见了自己的来路。

我是2006级法理学专业研究生，本科的四年时光也在川大度过。然而与绝大多数同学们不同，我毕业后却没能进入法律职业共同体，而成了一名媒体人。

你一个学法律的为什么当记者？这是过去十四年来我被问得最多的问题。我想，这是一个关于如何看待自己接受的专业教育、如何选择人生道路的故事，在此我想分享给你们。

我在川大读书的那些年，经历过非典、北京奥运会，也经历过"5·12"汶川大地震。这些承载着中国人集体记忆的重大事件给学生时代的我带来很大的冲击，一颗不安分的心也一直渴望去看看更广阔的世界。毕业头一年，新华社来川大校招，我的专业不但没有成为劣势反而成了优势，于是我跨界成了一个媒体人。

这份职业某种意义上实现了我去看辽阔世界的梦想。这些年来，我的足迹踏遍了中国的山山水水，采访对象中有学者、英模和高官，也有即将被押赴刑场的毒枭、等待死刑复核的杀人犯……我们通过报道曾帮助过失散24年的家庭团聚，也通过媒体监督扫除过大凉山17万人的"扶贫真空"。当地震、山洪、火灾、疫病来临，我们和救援队伍、医护人员一起经历生死考验；面对重大调研选题，我们则长期地扎根在基层，与采访对象在一起。

这份职业看似离自己当初的专业很远，但我看待、思考和解决问题的方式却有法学院深深的烙印。

例如，研究生时代曾在导师的带领下做司法档案研究，这个习惯保持到了今天，无论走到哪儿，做何选题，都习惯去翻阅历史档案；工作中有许多机会去往偏远的少数民族地区，而我总是以当地习惯法为切口去认识一方风土和文化；每当要开展一次监督，我会想起证据学课上老师的谆谆教诲，告诫自己要用一手采访材料，避免使用传来证据。虽然新闻作品有不同风格体例，但一直要求自己逻辑严密、行文洗练。这一切都来自法学院的训练。

媒体人和法律人是天然的同盟军。这两类人都是社会肌体的免疫系统，是危险的瞭望者。而我，因为来自法学院，开启了一段横跨法律和新闻两界的"斜杠人生"，职业生涯里也关注了大量的法律问题，从司法改革的顶层设计到具体的司法案件，从法学教育的变革到法律人的故事……我的同盟军里，有大量来自公检法司的小伙伴，更有法学院的恩师。从这个意义上说，我依然是一个法律职业共同体的编外人员。

其实，我也不是特例。我今天的同事里有金融学博士、社会学硕士、考古学硕士，跨界的背景让他们成为媒体人里的佼佼者。这样的现象也让我越发觉得，人生道路的选择需要不设限。

新华社曾经的社长郭超人曾说过，记者笔下有财产万千，有毁誉忠奸，有是非曲直，有人命关天。对于法律人来说又何尝不是如此？记者写下的报道，法律人办理的案件都不仅是谋生的手段，实现自我价值的途径，而是与他人的命运相关。

亲爱的同学们，未来的你们或许会成为法官、检察官、律师、学者，或者有人也会有像我这样"不务正业"却无悔的选择。

无论你的选择是什么，都请大家记得自己今天的模样——充满朝气、青春昂扬。无论未来是平淡岁月还是开挂人生，希望大家始终记得，坚守理性、保持宽容、独立思考，努力做一个不唯众、不唯上、只唯实的人。

这，是法学院给我的底气，也希望这份营养能永远滋养你们。

谢谢大家！

（本文为作者在四川大学法学院2023年毕业典礼上的讲话）

8

博学而笃志、切问而近思

复旦大学校友　谭瑞清

尊敬的周主任、马书记、各位老师、各位家长、各位同学：

大家下午好！

又是一年毕业季，很高兴在这个季节回到美丽的复旦校园，也很荣幸回到母校化学系见证学弟学妹们学业有成的这一重要时刻。首先，祝贺我们复旦大学化学系2023届同学们顺利毕业，走向新的人生征程。今天，也有部分2022届毕业生来到现场，也祝你们工作顺利、万事胜意！"前程似锦，未来可期"，相信大家都收到了很多这样的祝福，我也一样真诚地祝福大家！

我是1984年进入复旦大学化学系学习的，1988年毕业。4年的大学时光，我有幸遇到了很多德高望重、知识渊博的师长，也遇到了一群优秀的同学，有些更成为一生的挚友。还记得大三、大四时，我参加了由邓景发院士、蒋安仁教授主导的"钇钡铜氧超导体"研究课题组，有机会和邓景发院士、包信和院士、周勤伟博士以及其他的学长、学姐共同交流学习。

他们善良、正义、有学问，从他们身上，我学到了很多东西。除了知识以外，更重要的是学到了分析问题和解决问题的方法，形成了良好的思维习惯，这对我的一生都有很大帮助。

一晃35年就过去了。前一段，化学系老师和我说，让我在毕业典礼上和大家分享点儿什么。坦率地说，我有一点犹豫，为什么呢？我想到了奥里森·马凳写的一本书中的名言：世界上最难的事有两件，一件是把别人的钱装进自己的口袋，另一件是把自己的思想装进别人的脑袋。年轻人多少都会有一点"挑战精神"，本能地都会相信自己的思想而对"老年人的忠告"提出质疑，其实这是社会进步的"原动力"之一。即使这样，我也想和大家分享一下我的一些经历和感悟，希望能够对大家有所触动和启发，也是与大家共勉。

第一，是学习，终身学习，不断成长。

1988年，化学系毕业的我进入了一家外贸公司。但是公司内很多人都是外贸专业毕业的。我有自己的优势，但也有自己的劣势。公司是外贸公司，要想在公司有好的发展，我必须得掌握好外贸知识。我就从最基本的打字开始，逐步熟练掌握了制作单证、发送电传、安排发运、外商谈判、签订合同等外贸全流程。大概是1991年的时候，当时的对外经济贸易部，组织了外经外贸知识大比武。别人四年本科学的外经外贸专业知识，我花了半年多，利用业余时间，把外贸的专业知识都认真学了一遍。然后我去参加考试，在河南省还考了第一名，代表河南省参加对外经济贸易部的比赛，也获得优秀奖。这给了我很大的信心，也是我职业生涯早期一个很关键的转折点。

对一个人来说，没有成功，只有成长。我有个观点，大学的专业分两种，一种是数理化生物计算机等"硬专业"，特点是只能在大学里学习，离开大学比较难掌握；另一种就是文史哲财经等"软专业"，特点是你想学习，只要花时间就能学会。我相信，复旦大学化学系毕业的学生，只要你愿意学习，学什么东西都很快，成长得也会很快。无论是即将走上工作岗位，还是在自己的专业领域进一步深造，希望大家要保持终身学习的习惯。而且，我认为很重要的一点是，我们要有自己的追求，有远大的志向。同时要尽量完善自己的知识结构。一个人合理的知识结构，应该是倒T形的。下面的一横，表示要尽可能地广泛涉猎各方面的知识，倒T形的一竖就是自身所具备的专业知识。当你不知道自己未来要干什么的时候，可以不断广泛学习各方面的知识，同时深入学习自己的专业知识。当然，不同时期也要对专业知识结构进行调整，不断地适应社会发展的需求。

第二，是要能够灵活地运用自己掌握的知识。

我们复旦大学化学系的同学们在学校里都掌握了海量的知识，毕业进入社会后，我们要不断提高自己结合实际、灵活运用知识的能力，只有这样才能在今后的工作中取得更多更大的成绩。在很多情况下，解决问题所用到的"知识"并不高深。能够发现问题的本质，运用知识解决实际问题其实是一种"智慧"。复旦化学系的毕业生一定要有"智慧"。

第三，是坚韧，不经历风雨，怎能见彩虹？

中国有句老话：人生不如意之事十之八九。我们每个人的一生都不可能一帆风顺，都会遇到很多困难和挫折。比如我在创业初期也面临资金问题。当时企业效益很差，向银行贷款，甚至利息也无法赚回来，随时面临着破产的风险。但我认为做事情要勇于面对和承担，首先要把风险分析评估好，然后在可承受的范围内尽全力去做。2016年，我主导佰利联用90亿元并购四川龙蟒钛业，当时我个人从银行贷款18.9亿元。佰利联是2011年上市的，当时我个人的股票市值也就是20亿元左右。因此，这次并购听起来十分"疯狂",我内心也是把这个比作"二次创业"。2017年,市场环境并不太好,许多企业在并购后纷纷破产,而困难又接踵而至,又碰到了股灾。我的压力也非常大。当时,我想得很清楚,不管有多难,最重要的是努力把企业经营好,提高企业的效益。证券市场没法获益,那就要通过产品市场赚回来。终于,通过不懈努力,企业逐渐回到正轨,也得到了证券市场的认可。所以说,做事情肯定有一个"上山"的阶段,渡过这个最困难的时期,就柳暗花明了。

从今天起,你们中的绝大部分人,将走出大学"象牙塔",闪光的履历、母校的光环将让你们承载着更多期待和托付。作为复旦大学的学生,你们是传说中的"别人家"的孩子,是家人和师长的骄傲。但走上社会,进入职场,你会发现,理想和现实之间,或多或少会有些差异,这时你的内心难免会有所失落。在困苦的时候,在不被理解的时候,只要方向是对的,就一定要坚持住。

第四,是要健康工作60年。

我大学毕业时,同学们相互鼓励说:为社会健康工作30年。一转眼35年已经过去了,这期间,我们年级近150位同学中有4位同学已经离世。每每想起他们,我的心情既悲伤又感慨:人生是一场马拉松,要使自己的人生过得有意义,不仅要有"高度",更重要的是要有"长度"。我建议每个同学都要有至少一项体育运动,走入社会也要坚持体育运动,保持身体健康,用充沛的精力投入到工作和生活中。我相信,当我们回望自己的人生时,人生最大的幸福一定是"我为祖国健康工作了60年"。

第五,是感恩,感恩遇到的人和事,感恩我们所处的时代。

说到感恩,大家可能觉得很"虚",都是场面话。我以前也是这么认为的,但后来经历了很多事儿,我觉得真正的感恩是很"实"的,也是很

"真"的。

记得1991年4月,我第一次去法国出差,黄昏时站在埃菲尔铁塔上看巴黎的马路上都是汽车,堵车堵得很厉害,而且大部分都是私家车。那时候,国内的私家车还很少,我就在想,我们国家什么时候能够这样啊。现在大家看看,中国基本上家家户户都有车了。中国用三十年的时间就走过了西方一百多年的历程,我们的国家发生了翻天覆地的变化。我们那个年代,大家都觉得国外的东西就是好的,现在不一样了,国潮风兴起,年轻人越来越爱国货了。

我们这代人也许做了一些事儿,有了一些所谓的成就,真的应该感恩这个时代,感恩我们的国家,感恩我们遇到的人和事。不是我们个人有多大本事,而是时代给予了我们发展成长的机遇。我的体会是,一定要把自己的奋斗和中国的发展结合起来,把个人的命运和祖国的发展紧密结合起来,不要去做"精致的利己主义者"。

同学们,从今天起,你们就将踏上新的征程。在这个未来"已来"的伟大时代,相信你们一定会铭记"博学而笃志、切问而近思"的校训,牢记化学系师长的谆谆教诲,努力奋发,有所作为!祝福同学们在新的人生旅程中一切顺利!祝福大家及家人在未来的日子里幸福安康!

谢谢大家!

(本文为作者在复旦大学法学院2023年毕业典礼上的讲话)

学生篇

1

愿我们的心中有祖国河山，有社会大任，有世界格局

中国传媒大学　董丽娜

尊敬的各位来宾、领导、老师，亲爱的同学们：

大家好！

我是2023届播音主持艺术学院硕士毕业生董丽娜，很荣幸能在如此庄严、神圣的毕业典礼上，代表所有毕业生诉说我们的心里话。首先，我要向精心培育我们的母校，关心指导我们的领导、老师们，朝夕相伴的同学们以及在背后默默支持我们的亲友们，表示最衷心的感谢！

在接到这一任务的时候，我特别惶恐，也特别激动。惶恐是因为自己太普通了，担心发言无法彰显出中传学子的风范；激动是因为作为中传的第一位视障学生，我得到了太多的支持，自然也有太多感激想要表达。

我与中传的缘分要从十二年前说起。彼时，视障人士还无法通过参加高考走进普通大学的校园，但中传给了我免费的继续教育的机会，让我有勇气申请参加北京地区的高等教育自学考试。尽管过程波折，但最终我还

是获得了考试权，并通过自考取得了播音主持专业的本科学历。

第二次接触中传是在四年前，我亲手将一封考试申请信递到了研究生招生办公室老师的手中，那时，已经有视障人士参加了研考，我看到了向往多年的、走进融合教育课堂和心中殿堂的可能性，自然想奋力一搏。首次接纳视障学生对于任何学校都非易事，但中传还是给了我平等的考试机会。还记得2019年10月29日，在研究生招生办公室里，老师告诉我：来吧，只要你能考上，中传绝不会拒绝你。我能想象到做出这个决定需要多大的勇气和魄力，但是中传做到了。

三年前，我真的考上了中传，成为当年5321名新生之一。在入学前，我曾有幸做过央广的特约节目主持人，参加过大型名家朗诵会，承担过播音主持培训工作，但从走进学校的那一天起，我便放下了这一切，如廖书记所期望的，好好做个读书人。在课堂上，两位同学永远陪我坐在第一排；在宿舍里，我和室友相互督促，日夜奋战；论文撰写与答辩的过程尽管艰辛，但它让我的学术能力得到了快速提升，老师们的肯定与鼓励，也坚定了我关注现实问题、"把论文写在祖国大地上"的决心……

和大家一样，我也将永远记得明德湖畔的练声，钢琴湖畔的驻足，核桃林中的自然之音，齐越老师塑像所传达的齐越精神……

但是我知道，自己真的太普通了，因为走进校园的机会难得，我实在太想将精力都投入学习、阅读和思考中。其他很多同学的生活则比我精彩得多，他们服务于冬奥会等国内外大型活动，参与高端学术会议，在创新创业项目中挥洒激情，在社会实践活动中贡献自我……中传的毕业生是优秀的。

我庆幸自己来到了中传，这里有最好的领导和老师，他们没有因视力障碍而降低对我的要求，却在盲文试卷、电子版文献等方面给了我很多个性化的支持，践行了融合教育的真谛。这是我的经历，但绝不是个例，每一位同学都在老师们的心中。

我庆幸自己来到了中传，这里有最好的同学们。我的室友、同学都是极其善良、友好、乐于助人的人，总是主动地伸出援助之手，且不求回报。同学们，这是中传人的特质，我们有理由为自己感到自豪。

如今，就要和这一切说再见了，我的心中满是不舍和眷恋。但毕业是终点，更是起点。是的，明日难料，可正如我的导师王明军老师所说，母校和老师给了我们底气，岁月和经历给了我们底气。未来，愿我们无论在何方，都心怀梦想、坚持热爱、永远脚踏实地、淡定从容；愿我们的心中有祖国河山、有社会大任、有世界格局，在各自的人生当中，成就自己、成就他人、成就世界！永远做以"弘道崇德"为己任，以"经世致用"为目标的读书人！

最后，祝愿母校永创辉煌，老师们桃李满疆，每一位毕业生同学前程似锦！大家毕业快乐！

（本文为作者在中国传媒大学 2023 年毕业典礼上的讲话）

2

踔厉奋发　谦逊笃行

中国农业大学人文与发展学院　左孝凡

尊敬的林涵书记、叶敬忠院长，各位领导，各位老师，各位家长，以及亲爱的毕业生们：

大家下午好！

我是2019级发展研究专业博士毕业生左孝凡，很荣幸作为毕业生代表在此发言，与大家共同分享属于毕业生的幸福与喜悦。回顾我们在人发学院度过的宝贵时光，我们获得了知识的滋养、接受了人文情怀的熏陶、结识了志同道合的朋友、塑造了积极向上的人生态度与价值观。学院见证了我们的汗水与努力，见证了我们始终追寻梦想的坚定信念，见证了我们在一次次困难与挑战中的不断成长。在此，请允许我代表人发学院2023届全体研究生毕业生向一直关心爱护、辛勤培育我们的学院领导、老师表示最衷心的感谢，向一直默默在背后支持我们的家人们表示最诚挚的敬意。

此时此刻，我想对所有毕业生们说一句"辛苦了"。在竞争已经几近白热化的今天，致敬曾在图书馆挑灯夜战的我们，致敬不辞烈日炎炎、寒风凛冽在田野乡间奔走的我们，致敬在过去极不平凡的世界中始终牢记使命的我们，也致敬在论文末页致谢中遗忘对自己说一句谢谢的我们。

在校园里，我们每一分努力所获得的点滴进步似乎都得到了老师、朋友、家人们的肯定与支持，一份份荣誉、一本本证书、一次次奖励都是我们努力所获得的回报。然而，努力并非一定就有回报，正如社会学家上野千鹤子所言"这世上还有努力没有得到回报的人，想努力却无法努力的人，太过拼命而身心垮掉的人"。即将步入社会的我们所付出的辛劳与努力可能并不能总是让我们获得成功或达到预期的目的。我想和大家分享的是，面对"白热化内卷"的竞争压力或者对自己不那么友好的社会环境，请不要放任自己"一躺了之"，而要保持乐观向上的积极心态，找寻努力本身具有的内在价值和意义，去享受挑战和克服困难的内在满足感和成就感。当然，也请大家记住不要逞强，我们也要承认自己的弱小与脆弱，量力而行，与自己的挚爱亲朋相互支撑、相互鼓励、相互依靠一起走下去。

不忘初心，方得始终。毕业既是终点也是起点，未来的人生道路仍然充满艰辛与坎坷，我们现在付出的努力并非只为未来的回报，思考与解决问题能力的提升同样是我们的收获。让我们保持乐观，谦逊笃行，感恩生命历程中所有的美好瞬间与善良之人，让我们怀揣梦想，踔厉奋发，继续奔向属于我们的每一个意义非凡的星辰大海。

借此机会，我想对我挚爱的母亲和父亲，以及我最尊敬的导师陆继霞教授表示最由衷的感谢，正是他们一直以来毫无保留的支持与鼓励，让我能够保持积极乐观的心态，去直面生活与科研工作中一次又一次的困难与挑战。

最后，我谨代表2023届全体人发博士毕业生特别感谢叶敬忠院长给予我们前所未有的、放眼全国院校都相当"炸裂"的学位论文答辩仪式。相信，这必将是我们每一位人发博士毕业生人生中难忘的荣光时刻。

即将毕业的同学们，让我们一起去欢呼、去庆祝、去享受属于我们此时此刻的荣光与喜悦！祝愿我们在新的起点，继续秉承"重拾人文情怀、讲好发展故事"之院训，为学院、为母校带来更多好消息！

谢谢大家。

（本文为作者在中国农业大学人文与发展学院2023年毕业典礼上的讲话）

3

聚是一团火,散是满天星

北京邮电大学　杨泽远

尊敬的各位领导、老师,亲爱的同学们:

大家好!我是信息与通信工程学院2023届博士毕业生杨泽远,很荣幸能够作为研究生代表在此发言。首先,我谨代表2023届毕业研究生,向培养我们的母校、教诲我们的师长和陪伴我们的亲人致以最崇高的敬意和最诚挚的感谢!

时光荏苒,白驹过隙。对我而言,九年北邮时光即将画上句号。回首来时路,经历过科研探索时的山重水复,也惊喜于解决难题时的柳暗花明;感受过论文屡被拒稿的辛酸,也收获了工作被认可的喜悦。求学之路有坎坷与波折,而正是逆境中的负重前行,不言放弃,让伤疤变为铠甲,将泥土垒成高台,让我们能够以坚强、坚韧、坚定的身姿直面未来的风雨。

正如水有源,木有本,我们的成长离不开母校的栽培。就读期间,我有幸和组内同学参与了北邮一号卫星一项方案的验证工作,在卫星升空的那一刻，内心的成就感油然而生，正是因为有母校的平台，大家的成果才有机会遨游太空。从第六代移动通信到第六代固定网络，从疫情防控智能预警系统到冬奥会科技支持，更多北邮人的身影闪耀在信息化、智能化的浪潮之巅。

有感于此，我在毕业后也将以金种子序列进入中国移动研究院，继续将所学付诸产业实践，为网络强国事业贡献绵薄之力。我想，这是每一个北邮人的责任与使命。未来，我们将继续强健体魄、强大内心，以坚实笃定的心态迎接各种挑战，尽己所能地回馈母校，回馈帮助指导过我们的师长亲友；我们将继续践行"崇尚奉献、追求卓越"的北邮精神，犯其至难而图其至远，为国家信息科技事业发展贡献自己的青春力量。

我相信，北邮人聚是一团火，散是满天星；若干年后当我们再回首、再相聚，耀眼的群星必将令"信息黄埔"四个字更加闪亮。

忆往昔峥嵘岁月，感恩母校栽培；展未来正茂韶华，不负青春使命。在即将离开母校之际，请允许我代表2023届研究生毕业生庄重承诺：我们将带着属于北邮人的荣耀，用平凡的方式筑起不平凡的北邮梦、强国梦，做母校最棒的代言人！

最后，再次衷心感谢母校对我们的培养。祝同学们前程似锦，祝母校人才辈出，再创辉煌！

谢谢大家！

（本文为作者在北京邮电大学 2023 年毕业典礼上的讲话）

4

心怀感恩　不负韶华

中央财经大学　魏斯宇

尊敬的各位老师，亲爱的同学们：

大家下午好！我是来自法学辅修的魏斯宇，能够与法学本专业的同学们一起参加法学院的毕业典礼，我感到十分喜悦，非常荣幸作为法学院的一分子，作为辅修同学的代表在这里发言。

感谢学院开设法学辅修课程，给我们学习法学知识的机会；感谢学院领导对辅修同学的关心和帮助，感谢学院的诸位老师们传道授业解惑，带领我们步入法学的大门。

回顾过去三年的辅修学习，学院的老师们付出良多，从线上教学学期的腾讯会议，从主教再到中财大厦，每个星期日老师们牺牲休息时间，连续一整天上课。老师们不曾因为我们是辅修班级，就降低教学要求，反而是在有限的课时内尽可能多地传授知识，引导我们深入思考。印象最深的是，武腾老师为了让讲授内容更加充实完整，主动增加晚课，靠着润喉糖坚持在讲台上授课。在课间、课后，老师们也会耐心地回答我们的问题，以延伸我们对课堂内容的思考。老师们严谨的教学风格，全身心的育人，带给我们的不仅是专业知识的收获，更为我们树立了敬业的榜样。

我还想感谢一起辅修法学的同学们和坚持到现在的我们自己。三年前，我们出于各种想法，或是对法学的兴趣，或是成为复合型人才的设想，一起踏入了法学辅修的课堂，法学辅修的学习也成为我们大学期间重要的一部分。在和上届、下届同学一起上课的过程中，我们相互交流，结交了更多的朋友。大家一起经历了上课、考试、论文撰写和答辩，获得了辅修学位。学习法学的这段旅程看似结束了，但无论是老师们敬业的精神、专业的态度，还是同学们的互助，从法学辅修的学习中收获到的宝贵知识和精神财富都会持续地影响着我们。

展望未来，不论是否踏上法律的专业道路，我都将继续怀抱对法学的热忱，保持法律思维，以法律人的标准要求自己！

最后，衷心祝愿中财大、祝愿法学院蒸蒸日上，再创辉煌！祝愿老师们万事胜意，工作顺利！祝愿同学们前程似锦！谢谢大家！

（本文为作者在中央财经大学2023年毕业典礼上的讲话）

5

不负韶华，不负时代，不负人民

中国人民大学　侯宇蓬

尊敬的各位领导、老师，亲爱的同学们：

大家好！

我是高瓴人工智能学院2020级硕士生侯宇蓬，很荣幸今天能在此发言。首先我要向一直爱护、关心、培养我们的老师们说一声谢谢，对共同度过青葱岁月的同窗们道一声珍重。

七年的人大生涯让我见证了祖国的飞速发展与学校的持续建设。我与在座的各位一样，成长为在各自领域发光发热的人大人。入学那年，名为AlphaGo的人工智能机器人击败了围棋世界冠军李世石，我在心中种下了"人工智能"的种子。2019年听闻人大要建立人工智能学院时，我毅然决定成为新学院"黄埔一期"的学生，从事人工智能的科学研究，勇闯无人区。我曾数次在立德楼的工位上看到日出，收到过10余封论文投稿的拒信；但我也发表了6篇A/B类论文，与小伙伴开发出月均下载千次的开源软件，站上过国际学术会议的领奖台，骄傲地向全世界的研究者介绍，我来自中国人民大学。

目睹了学校和学院的发展，我为母校连续两年名列 CS Rankings 世界权威排行而欣喜，为"计算机科学与技术"一级学科跃升强优学科而骄傲。在 chatGPT 等大语言模型改变着生产生活方式的当下，国家面临着众多"卡脖子"问题。面对挑战，我也看到了人大的老师们、同学们坚持科技创新，发布了大语言模型综述，人大自己的 650 亿参数开源双语大模型"玉兰"，贡献人大智慧与中国力量。

国家的希望在青年，民族的未来在青年。习近平总书记考察调研中国人民大学时"不负韶华，不负时代，不负人民"的嘱托仍在我心头铭记。国家和民族未来发展的接力棒必将交到我们青年手上。见证国家与母校发展的我们，走出校门后，更应持续提升知识水平，以应对这个日新月异的时代带来的各类挑战。在这"两个大局"交织、"两个百年"交汇的历史节点，相信我们作为人大毕业生，能堪重任，做栋梁，紧贴时代脉搏，做先锋闯将，交出属于我们人大人的答卷。

在人大学习生活的七年即将画上句号。今天，我能十分自豪地说，我将与众多人大人一起走出校园、迈入社会，为国家、为人民的发展贡献自己的一份力量。

最后，衷心祝福亲爱的领导、老师们身体健康，祝同学们前途似锦。愿我们不负人大印记，牢记总书记的嘱咐，践行"青春向党，不负人民"的誓言和承诺！

谢谢大家！

（本文为作者在中国人民大学 2023 年毕业典礼上的讲话）

6

大道至简，做正确的事；
大道需慢，正确地做事

上海大学　王涛

诸位老师，即将走出校园的博士、硕士及本科同学们，大家好：

我是上海大学社会学院2019级人类学专业的博士研究生王涛，我的导师是张江华教授。说真的，当得知学院老师让我作为本届博士生代表发言时，我自觉惭愧，也诚惶诚恐，毕竟我不属于这届博士生中的优秀者，而是最平平无奇的一个。可能正是我平平无奇的博士生涯与博士生中的大部分人是相似的，所以顾老师便找了我来作代表。但话说回来，我代表不了在座的这届即将走出校园的博士生，每一个看似平平无奇的博士都有自己不平凡的辛酸苦乐。

作为2019级入校又延期一年的博士，这四年陪伴我们的不只有学术，还有疫情。首先，请容我向抗击疫情的所有平凡而伟大的人致敬。

记得本科学管理学时，我的组织行为学老师曾在课堂上说过，世界上有两种人，一种是造飞机的，另一种是造降落伞的。自从转向社会学，经过四年的博士学习，自觉学社会学的人大概是属于第二种人。我们总能看到人类的社会制度仍然是不完美的，甚至存在很多问题。寻找社会规律和社会问题并用科学的方式解答，甚或提出纠错方式，这正是我所理解的社会学要做的事，我们是一群肩负着为人类社会守住底线或兜底的人，责任重大，艰巨也光荣。

今天，我斗胆以自己的经历分享于一同走出校园的社会学人们，未来路上，不论学术、工作还是生活，"大道至简，做正确的事；大道需慢，正确地做事"。

记得高考填志愿那年，我妈说："填个师范类高校，以后当个老师"，我说"打死我都不当老师"，那时我不知道将来要做什么。读本科时，苹果公司CEO乔布斯在自传里说：有的人一生下来就知道自己要做什么，有的人要用一生的时间来寻找自己想做的事。那时我和诸位硕士、博士一样想到了考研。硕士那年，上天山做田野调查，下天山写田野故事，那时我想："我喜欢做这个事。"毕业后来到上海大学社会学院，很好，这里是一片学术净土，每位老师都在自己的领域里用心耕耘。四年，我读着自己喜欢的书、写着自己想写的故事。今天毕业时自己将要变成老师了！现在想，我得好好活着当个老师。希望所有毕业生能够在自己有限的生命里找到那件自己想做的事。

一人一生一件事，大道至简。

博士头两年常拿着完成的小论文去导师办公室里讨论，每次导师坐在椅子上，说："来，你讲吧！"待我讲完后，老师会反问一些在我看来"天马行空"的问题。我心想"糟了，导师不懂我呀！"每次推开办公室的门，总能看到他做学术的样子：电脑前，一张脸与屏幕无限贴近，他用两根食指敲打键盘的速度，让我想起了《疯狂动物城》里那只很慢的树懒。走出办公室我会问自己，他到底在干吗。回头又想，他那么仔细地将碑文上的文字一个一个敲打出来，肯定有什么秘密。之后的日子里，每次从田野调查完回到学校，我也坐在图书馆一个字一个字把资料敲打出来。当我用半年时间敲打完资料，突然知道自己要写一个什么故事了。当我写完田野故事推开那扇门，老师再一次抛出那些"天马行空"的问题时，我觉得"导师懂我呀！"

是的，我导师说话和敲键盘的速度一样。慢，才是打开学术和生活的正确态度。

四年前，当我在陕西师范大学博士楼里借宿复习考博时，那个让我睡地板的挚友说过一句话。饭后他会慢悠悠地走回宿舍，然后躺在床上深叹一口气。我问他："这么久怎么不见你运动，就这样躺着了？"他说："这你就不懂了，我这叫龟式养生法。乌龟为啥活那么久，因为慢呀！"

今天，离别之际，我把"龟式养生法"换一种方式分享给大家。学术路上，我不祝愿大家高产，祝愿大家都能做"龟式学术"。生活中，一方面祝愿大家能够像兔子一样好动，有健康的体魄，另一方面祝大家像乌龟一样：慢慢地工作、生活、变老！

（本文为作者在上海大学 2023 年毕业典礼上的讲话）

7

将求索笃行内化成永恒的人生注解

对外经济贸易大学　严铖欣

尊敬的各位老师，亲爱的同学们：

大家上午好！

我是来自信息学院电子商务专业的本科毕业生严铖欣，非常荣幸能够在这里作为2023届本科毕业生代表发言。

首先，请允许我代表2023届全体本科毕业生向我们最亲爱的贸大各位老师和一路陪伴我们的家人朋友致以最诚挚的感谢！

第一次迈入贸大时的记忆还仍然鲜活，转眼已是四年过去，竟已到了挥别的时刻。这四年里，我们曾有幸在党的百年盛会上高展昂扬风貌，在冬奥志愿中点亮"担当名片"，也曾与贸大同心抗疫，坚定前行。这里，是惠园，是我们人生至关重要的起点，更是走向火热未来的启航之基。

贸大人，向来习惯拼搏奋斗，从不缺乏上下求索、笃行不辍的拼搏精神。高中老师总说上了大学就好了，可是来到大学，我们才发现童话里都是骗人的。我和我的小伙伴都曾见过凌晨四点的惠中大道，对图书馆里电源插座的位置烂熟于心，为了上一节体育课而拼尽老命。从懵懂稚嫩的高中生，到本领过硬的贸大人，当终于写完了源源不断的报告，做完了无穷无尽的Pre，当回首，一切挑战都变得轻而易举的时候，才恍然发现，求索笃行已内化成我们永恒的人生注解。

贸大人，向来敢做时代先锋，勇于发扬责任在我、敢为人先的实干精神。四年间，我曾在党史博物馆切实感悟到时代的重量，在电子商务"三创赛"中发挥实干才能，也曾在社会实践中深入宁夏贫困县，为脱贫攻坚建言献策。我看到许多优秀的学长学姐投身国际组织，在国际舞台传播贸大声音，贡献贸大智慧。我曾问自己：大学的意义是否应仅停留于书本的求知问学？当我作为志愿者奔行于抗疫一线，作为教师迎接山区孩子们的笑容与亲昵，我找到了答案——大学的意义，在于成为时代洪流中的一点微光。

贸大人，向来追求立志弘毅，永远彰显矢志奉献、强国有我的担当精神。当我在党旗下庄严宣誓，忙碌在学生工作的细碎中，胸前的党徽永远都是我心中最辉煌、最闪耀的骄傲。在这里，有勤学苦练、为党献礼的我们；有赤诚奉献、服务冬奥的我们；有投身西部、建设边疆的我们；有放眼世界、联通中外的我们……我们时刻践行着"请党放心，强国有我"的青春誓言，在实现中华民族伟大复兴的征程中志道弘毅、砥砺前行。

还记得校领导曾寄语我们："今天的你们就是中国的今天，明天的你们就是明天的中国"。亲爱的同学们，我们自五湖四海相聚，即将向天南地北远行，在各自的人生中书写新的篇章。我们会永远怀念这里，怀念满是银杏落叶的金秋惠园，怀念曾等过流星的情人坡，怀念讲台上下为我们蜡炬成灰的老师们，还有一直守护我们的宿管阿姨、食堂师傅、保卫处大哥……下个月，我即将赴云南勐腊县第一中学支教，我一定会和在座的每一位毕业生一样，带着贸大人的坚守、执着与奋进，去亲身证明，贸大人一定能行，贸大人走到哪都能行！

最后，衷心祝愿各位老师桃李芬芳；祝各位校友、同学乘风破浪；祝各位家长万事顺遂；祝我们的母校再谱华章！

谢谢大家！

（本文为作者在对外经济贸易大学2023年毕业典礼上的讲话）

8

果敢尝试、寻求突破、不惧风雨、无问西东

武汉大学　曹喆

尊敬的各位领导、老师，亲爱的同学、亲友们：

大家上午好！

我是信息管理学院2019级本科生曹喆，很荣幸作为毕业生代表在此发言。还记得四年前本科新生开学典礼上，我们一起用双手传递国旗，致敬祖国七十年来波澜壮阔的历史；那被国旗染红的卓尔体育馆让我至今难忘，同样刻骨铭心的还有学校对我们的殷殷期盼，一名合格的武大人要"胸怀祖国，放眼世界，努力成就具有大志向、大视野、大胸怀的大器人生"。这份期盼成为贯穿我大学四年的信念，为成长蓄力，让理想奋发。

当信念成为一种牵引，我便拥有了果敢尝试、寻求突破的勇气。我第一次鼓起勇气，是作为一名大一新生，向任课老师表达对科研的向往。于是，我踏进完全陌生的科学计量领域，作为团队中最小的一员，开启了学术探索之旅：我们放眼全球科技版图、描绘动态变化的国际合作格局，我们面向国家现实需求、揭示科学基金在基础研究中的贡献。一个个课题向

我揭示着专业所学与国家战略的紧密相连,而躬身入局的炽热渴望,就此生根发芽。

我第二次鼓起勇气,是在大二的时候,和志同道合的伙伴们一起走出象牙塔,用两年时间探索数字技术赋能革命老区振兴的路径。我们寻访古迹、挖掘资源、构建平台、创新形式。当我们一往无前地耕耘时,越来越多的同学加入我们,用理想和知识建构着红色山河的新未来。

就这样,我在科学研究和创新创业两条路上并行,荣获了国家奖学金、雷军奖学金、榜样珞珈年度人物等荣誉。这些荣誉,始于积极探索的勇气;而贯穿始终的,还有深耕不辍的坚守。

当信念成为一种依托,我便拥有了不惧风雨、无问西东的毅力。科学研究难免坎坷。我曾八个多月只做一个选题,最终却以无果告终。可每当望向学界前沿,看到那些里程碑式的研究成果对社会需求的切实回应、对科技政策的深刻影响,我便义无反顾地继续奔赴对未知的探索。不懈的努力终于让我站上顶级国际学术会议的讲台,国际顶尖学者的肯定更鼓励我继续将论文写在祖国大地上。我终于明白:所谓毅力,就是一种已经深化成情感的信念,于是,努力着的每一天都弥足幸福。

是武大带我追寻到这份信念,这份家国情怀与科研理想相融相生的信念。武大精神历经百卅风雨,而生生不息。在这里,一名大一新生可以走进科研的天地;在这里,每一个学子都可以眺望最前沿的风景。现在的我们,正被新时代武大的自由包容浸润着,被它的昂扬奋发激励着,体悟着什么叫作时不我待,什么叫作舍我其谁,什么叫作信念。感恩母校,在这里我们用四年来熔铸信念,未来都将中流击水,浪遏飞舟。

正如校长张平文院士所言,将自身发展与国家战略、时代需求紧密结合,传承并大力弘扬武大精神,是武大历经百年风雨沧桑得以延续和壮大的关键所在,也是武大在新的历史时期踔厉奋发、赓续前行的重要遵循。对"自强、弘毅、求是、拓新"八字校训的深切认同,使我在毕业面临众多选择时义无反顾地决定留在武大信管继续深造,与母校共同踏上新征程。

百卅珞珈,我们风华正茂。感谢学校、学院长期以来的培养与支持,为我们的成长提供了最坚实的砥柱。愿我们都被一种信念所激励,传承珞珈薪火,共赴锦绣前程。谢谢大家!

(本文为作者在武汉大学 2023 年毕业典礼上的讲话)

9

立志做有理想、敢担当、能吃苦、肯奋斗的新时代好青年

南京大学　曾文荟

尊敬的各位领导、老师，亲爱的同学们：

大家下午好！我是化学化工学院的2023届博士毕业生曾文荟。今天，能够作为毕业生代表，在这庄严隆重的毕业典礼上发言，我感到无比荣幸与自豪。此时此刻，请允许我代表全体即将毕业的研究生，向母校致以崇高的敬意，向陪伴我们成长的每一个人致以衷心的感谢，感谢老师们的悉心指导，感谢家人朋友们的支持与陪伴，是你们让我们在求学道路上阔步前行。

岁月不居，时节如流，本科毕业后，我于2018年9月进入南京大学直接攻读博士学位，如今已度过五载春秋。在此期间，我见证了"第一个南大"建设所取得的扎实成效，也深刻感受到全体南大人在新时代团结奋进中的磅礴力量。

"心系'国家事'、肩扛'国家责'""在坚持立德树人，推动科技自

立自强上再创佳绩",百廿校庆之际,习近平总书记在回信中寄予了南京大学留学归国青年学者深切勉励。面向"人民生命健康"战略,致力"健康中国"建设,这是我的导师叶德举教授自2014年留学回国以来,始终秉持的信念与追求。在导师的言传身教与悉心指导下,我在研究生学习阶段,选择围绕"活体成像分析"前沿领域进行探索,依托生命分析化学国家重点实验室,针对现存临床疾病诊断方式所存在的灵敏度低、耗时长和创伤面积大等缺陷,构建了一系列疾病相关标志物刺激响应型的分子影像探针,实现了活体癌症、肝炎等疾病的精准、实时、无创诊断。在此过程中,我犹记得在化学楼各区之间进行探针合成、仪器测试、数据处理的一个又一个日夜,也无数次体验过凌晨一两点的仙林夜景,感受过因实验失败而产生的痛苦迷茫,但是,我始终相信坚持就是胜利,那些无法把你打倒的,终将使你更加强大。在南大求学的五年期间,我在 *Nature Biomedical Engineering*、*Nature Communications*、*ANGEW* 等TOP期刊上以第一作者的身份发表文章6篇,撰写形成近十万字的毕业论文。借此机会,再次感谢学校、学院为我们提供的完备的科研平台、丰富的科研资源、开放的科研环境,感谢师长们的精心栽培,感谢课题组同学们的热情帮助,相伴同行、共同奋斗的时光早已积淀为我们人生旅途中最为宝贵的财富。

低调古朴是南大的沉稳底色,鲜活生动是南大的真实画卷。在南大,浓厚的学术氛围令我们在科研道路上发光发热,而丰富多彩的校园生活则使我们从繁忙的科研实验中偶尔抽身,劳逸结合,润泽心灵。与此同时,南京大学也以其淳朴踏实的做事风范,真诚对待每一位南大人。记得从去年年底开始,南大在全校范围内广泛开展大讨论,为建设中国特色、南大特质、时代特点的世界一流大学集思广益、凝聚力量,在此期间,学校及时对软硬件设施进行了完善、对生活服务支撑体系进行了健全,如今,四组团操场的照明时间延长，为每一位晚归学子照亮回宿舍的路；仙林校区西门的开放时间延长至24:00，为师生的通行提供便捷；十二食堂的开业，使师生的获得感与幸福感得到进一步提升。

"青年强，则国家强"，习近平总书记在党的二十大报告中对广大青年提出了"立志做有理想、敢担当、能吃苦、肯奋斗的新时代好青年"的重要要求。巍巍南雍，薪火绵延。如今，无数的南大青年传承报国为民的使命担当，在工作岗位上谱写踔厉奋发的青春华章。临近毕业之际，在面临人生的再一次重大选择时，我积极响应国家号召前往中西部就业，返回家乡四川省，考取了化学急需紧缺专业方向的选调生，希望能够将自己在校期间的所学所得应用于实处，回馈家乡。在前不久举办的南京大学基层就业毕业生欢送表彰大会中，我深刻感受到南大对于基层就业毕业生的殷切希望和谆谆教诲，未来我定不负母校嘱托，将"无我"精神践行到底，奋楫扬帆向基层，破浪前进展担当，为祖国建设添砖加瓦，贡献青春力量。

今天，我们即将从这里扬帆起航，逐梦远方，未来无论我们身在何处，我们都将心系母校，感念师恩。最后，祝愿所有2023届毕业生此去一帆风顺，轻装策马青云路，人生从此驭长风；祝愿全体老师安康顺意，桃李芬芳；也祝愿我们的母校——南京大学蒸蒸日上，再谱华章！

谢谢大家！

（本文为作者在南京大学2023年毕业典礼上的讲话）

声 明

本书所收文章，我社曾在第一时间联系了各大院校，截止到图书出版前，因种种原因，部分作者未能联系到。为了图书出版的完整性，展示更多优秀篇章，使本书不留遗憾，我们对这部分优秀文章进行了保留处理。恳请相关作者给予理解和支持，特此表示感谢。请见此声明后与我社联系，以便商榷稿酬及其他未明事宜。